Aix-la-Chapelle, Schwarzenberg.

Alexandrie, Capriaulo.-Allo.

Amiens, {Caron-Berquier. Darras. Wallois.

Amsterdam, {Dufour. Van Clef frères.

Angers, Fourrier-Mame.

Anvers, Ancelle.

Arras, {Leclercq. Topineau.

Auch, Delcros.

Autun, De Jussieu.

Avignon, Laty.

Baïonne, {Bonzom. Gosse.

Bayeux, Groult.

Besançon, {Deis. Girard.

Blois, Jahier.

Bois-le-Duc, Tavernier.

Bordeaux, {Baume. Lafite. Melon. Mery de Bergerey.

Boulogne, Isnardy; bibliot.

Bourges, Gille.

Brest, {Belloy-Kardovick. Lefourrier et Dépériez.

Bruges, Bogaert-Dumortiers.

Bruxelles, {Berthot. Demat. Gambier. Lecharlier. Stapleaux. Weissenbruch

Caen, {Mme. Hél. Blin. Manoury.

Calais, Bellegarde.

Chål.-sur-Marne, Briquet.

Châlons-sur-Saône, Dejussieu.

Charleville, Raucourt.

Chaumont, Meyer.

Clermont, Laudriot et Vivian

Colmar, {Neukirc Panneti

Compiègne, Esquyer.

Courtray, Gambar.

Coquet.

Dijon, {Noella. Madame Yon.

Dinant, Huart.

Dole (Jura), Joly.

Epernay, Fievet-Varin.

Falaise, Dufour.

Florence, {Molini Piatti.

Fontenay (Vend.) Gaudin.

Gand, {Degoesin-Verhaeghe. Dujardin.

Genève, {Dunaud. J.J. Páschoud

Grenoble, Falcon.

Groningue, Vanbokeren.

Hambourg, Besser et Perthes.

Hesdin, Tullier-Alfeston.

Langres, Défay.

La Rochelle, {V. Cappon. Mlle. Pavie.

Londres, {Dulau. Bossange et Masson. Berthoud.

Leipsick, Grieshammer.

Lons-le-Saulnier, Gauthier frères.

Laval, Grandpré.

Lausanne, Knab.

Le Mans, Tontain.

Liége, {Desoër. Vc. Collardin.

Lille, {Leleux. Wanackere.

Limoux, Melix.

Lyon, {Ft. Cabin et C. Maire. Roger.

Madrid, {Denné fils. Rodriguez.

Maëstrecht, Nypels.

Manheim, Fontaine.

Mantes, Reslay.

Marseille, {Camoin frères. Chaix. Masvert. Mossy.

Meaux, Dubois-Berthault.

Mayence, AugusteLeroux.

Metz, Devilly.

Milan, Giegier.

Mons, Leroux.

Mont-de-Marsan, Cayret.

Montpelier, {Delmas. Sevalle.

Moulins, {Place et Bujon.

Nancy, Vincenot.

Nantes, {Forest. Sicard.

Naples, Borel.

Neufchâteau, Hascon.

Neufchâtel, Mathon fils.

Nimes, {Melqnion. Triquet.

Niort, mad. Elie Orillat.

Noyon, Amoudry.

Périgueux, Dupont.

Perpignan, {Alzine. Ay.

Pise, Molini.

Poitiers, Catineau.

Provins, Lebeau.

Quimper, Derrien.

Reims, {Brigot. Le Doyen. Topino.

Rennes, {Cousin-Danelt. Duchesne. Mlle. Vatre.

Rochefort, Faye.

Rouen, {Frère ainé. Renault. Domaine-Vall

Saintes, Delys.

S. Etienne, Colombet ai

Saint-Malo, Rottier.

S. Mihel, Dardare-Mang

S.-Quentin, Moureau fi

Saulnur, Degolly.

Soissons, Fromentin.

Strasbourg, {Levrault Treuttel Wü..

Toulon, {Barallier. Curch.

Toulouse, Senac.

Tournay, Donat Castman.

Tours, Mame.

Troyes, Sainton.

Turin, Pic.

Valenciennes, Giard

Valognes, {Boudesse Clamorg

Varsovie, Glucksber Compagnie.

Venise, Fuchs.

Verdun, {Benit jenne Herbelet. Villet.

Versailles, Ange.

Wesel, Bagel.

Ypres, Ganibart-Duja

NOUVEAUX
CONTES MORAUX.

DE L'IMPRIMERIE DE D'HAUTEL,

RUE DE LA HARPE, n°. 80.

NOUVEAUX
CONTES MORAUX,

Par MISTRISS OPIE;

traduits de l'anglais

PAR

M. AUBERT DE VITRY.

Beaucoup de personnes s'imaginent que les autres
prennent autant de plaisir qu'eux-mêmes à ce qui les
intéresse et les amuse. Aussi l'auditoire les laisse-t-il
souvent au milieu de leurs interminables histoires.

SHAKESPEAR

AVEC UNE FIGURE.

TOME QUATRIÈME.

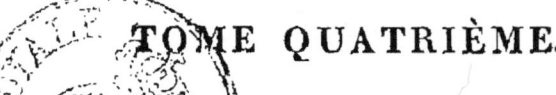

A PARIS,

Chez ARTHUS BERTRAND, Libraire;
rue Hautefeuille, n°. 23.

1819.

NOUVEAUX CONTES MORAUX.

LE JEUNE CRIMINEL,

ou

LA VENGEANCE.

NOUVELLE.

« Quelle est cette jeune et charmante personne qui s'avance de ce côté? demandait Adolphe Waldemar, fils cadet d'un baron allemand à quelques jeunes gens qui étaient avec lui à la porte d'un libraire, à Ratisbonne.»

« C'est Ethélinde Manstein, une de nos beautés, répondit le jeune baron Sigvert.

« Elle mérite ce nom, répliqua Waldemar, si la distance ne nous trompe pas sur ses charmes. »

IV.   1

Ethelinde qui doublait le pas pour se soustraire plus vîte aux regards qu'elle voyait fixés sur elle, fut bientôt assez près pour convaincre Waldemar que plus elle approchait, plus elle paraissait belle. Et tandis que ses joues se couvrait d'une rougeur plus vive en passant devant ce groupe de jeunes gens, elle salua avec grace ceux d'entre eux qu'elle connaissait, et Waldemar crut n'avoir jamais vu de femme aussi séduisante.

« Il est étrange, dit-il, qu'elle ne soit pas encore mariée. »

— C'est sa faute, répondit Sigvert, d'un ton piqué.

— « Je n'en doute nullement ; car, quoique je sois nouvellement arrivée dans cette ville, je suppose aux jeunes gens de Ratisbonne un cœur et des yeux comme aux autres hommes, et Ethelinde Manstein a dû trouver ici beaucoup d'adorateurs. »

— « Oui, il en est plus d'un qui l'aurait volontiers épousée ; mais personne

n'a voulu se charger de toute la suite
qu'elle traîne après elle. »

— « En quoi consiste donc cette
suite? Ce beau chien de Terre Neuve qui
court devant elle en fait-il partie ? »

— « Précisément. Plus, un vieillard
qui n'est plus bon à rien, une espèce de
majordôme de son père qui lui a sans
doute légué ces deux objets précieux
avec défense expresse de jamais s'en
séparer. »

— « Elle est donc orpheline ? »

— « Oui, et elle possède une fortune
considérable. »

— « Est-elle bien née ? »

— « Certainement. »

— « Ainsi donc elle est belle, riche,
jeune, et le seul reproche qu'on ait à
lui faire, c'est que la piété filiale l'engage
à regarder comme sacré le dépôt que
son père lui a laissé d'un vieux serviteur
fidèle, et d'un chien, gardien le plus
sûr qu'on puisse avoir. Cette circonstance lui donne encore un nouveau mérite à mes yeux. »

— « Mais vous ne savez pas encore
tout. Elle garde chez elle une folle, ou
plutôt une idiote, une femme de moyen
âge, et qui par conséquent menace de
vivre long-temps, et elle a fait vœu de
ne s'en séparer qu'à la mort. »

— « En vérité! C'est sans doute une
parente? »

— « Point du tout; mais ses parens,
par quelques motifs qu'ils n'ont jamais
fait connaître, ont pris soin d'elle jusqu'à leur mort, et Ethelinde par suite
d'une générosité romanesque, persiste
à déclarer qu'elle ne se mariera jamais
qu'à un homme qui s'engagera solem-
nellement à ne jamais la séparer de cette
malheureuse femme. Je connais un
jeune homme, ajouta Sigvert en arran-
geant son jabot d'un air d'importance,
un jeune homme qui lui convenait sous
tous les rapports et qu'elle ne voyait pas
de mauvais œil, qui lui fit la demande
de sa main. Elle lui parla de l'invalide et
du chien, et il ne fit aucune objection
sérieuse; mais quant elle en vint à sa

pauvre maman, comme elle l'appelle, il lui représenta que la vûe d'un monument si déplorable de la fragilité de notre raison, était un bien triste spectacle, pour l'avoir toujours sous les yeux. Vous hésitez ? lui dit-elle alors, c'est pourtant ma résolution inébranlable. Mon ami la voyant bien déterminée sur ce point, finit par ne plus songer à elle : et il en est arrivé autant à plusieurs jeunes gens.

« C'est qu'aucun d'eux n'en était véritablement épris, dit Waldemar; la chose est évidente. Saluant alors ses compagnons, il les quitta. Insensiblement, devint rêveur, et prit peut-être sans faire attention, le chemin qu'Ethelinde avait suivi.

Les observations de Waldemar l'avaient convaincu que le vice le plus répandu dans la société est l'égoïsme, ce sentiment honteux qui fait préférer sa propre satisfaction au bonheur des autres. Il savait combien il est nécessaire

1*

pour être heureux dans le mariage, que l'on soit disposé à se faire le sacrifice réciproque de ses désirs, même dans les moindres bagatelles, et tout ce qu'il venait d'apprendre d'Ethelinde le persuadait qu'une femme qui avait pu refuser plusieurs partis avantageux, uniquement pour ne pas abandonner un être infirme auquel elle croyait ses soins nécessaires, devait posséder ce désintéressement, cet oubli généreux de soimême, le meilleur garant des vertus et du bonheur dans toutes les circonstances de la vie. Il résolut donc de se faire présenter à elle le plus promptement possible. Mais le hasard le servit au-delà de ses espérances.

Comme il marchait fort vite, il aperçut Ethelinde à quelque distance, et doubla de vitesse dans l'espoir de la voir encore une fois. Son chien sautait à ses côtés, courait en avant, et étant revenu sur elle avec trop d'impétuosité, dans un moment où elle n'était pas sur ses gardes, il la fit trébucher et elle serait tombée en arrière, si Waldemar ne fût arrivé à temps pour la soutenir.

« Vous n'êtes pas blessée, j'espère lui dit-il, en voyant que ses joues qu'il venait de voir si vermeilles, étaient maintenant couvertes d'une pâleur mortelle.

« Pas le moins du monde, grâce à votre secours, lui répondit-elle, mais j'ai été bien effrayée.» Et en effet elle étoit si agitée qu'elle fut obligée de prendre le bras de Waldemar pour se soutenir.

Un homme ne court peut-être jamais plus de danger pour son cœur, que lorsqu'il vient de rendre quelque service à une femme intéressante. Son amour-propre est satisfait ; il aime à protéger et il n'est jamais plus près de montrer toute sa faiblesse, que quand il vient de donner une preuve de la supériorité de ses forces.

Ethelinde retrouva bientôt les siennes,

mais pas aussitôt qu'on aurait dû le
croire après un accident si léger.

« Vous m'accusez d'une faiblesse ridicule, monsieur, lui dit-elle en rou-
gissant, mais une circonstance pénible,
arrivée dans ma première jeunesse, m'a
laissé de telles impressions, que la
moindre surprise, la moindre allarme ,
m'agitent comme vous venez de le voir. «

Le saluan alors et grondant son chien
qui sautait toujours autour d'elle, elle
fit un mouvement pour le quitter; mais
il la supplia de lui permettre de l'accompagner jusqu'à sa porte, ne pouvant
se résoudre à la laisser dans un moment
où elle ne paraissait pas complètement
remise de l'agitation que cet accident
lui avait fait éprouver. « Je suis étranger
et arrivé depuis peu en cette ville, mais
j'y suis connu de plusieurs personnes de
distinction. Je crois vous avoir vu il y a quelques instans, avec le baron Sigvert, devant la boutique de Muller. »

« Je n'auraispas cru'q ue vous m'eus-
siez fait l'honneur de me remarquer.
Mais puisque vous m'avez vu auprès de
Sigvert, il me servira de répondant , et
peut-être daignerez-vous accepter mon
bras. Vous êtes encore tremblante, et
vous avez besoin d'appui.

Ethelinde connaissait Waldemar
mieux qu'il ne la connaissait elle-même.
L'arrivée à Ratisbonne d'un jeune étranger bien fait, de bonne famille, venu dans
cette ville pour y recueillir une succession
considérable qu'il tenait d'une parente
éloignée , et dans le dessein de s'y fixer ,
avait fait assez de bruit pour qu'elle en
eût entendu parler, quelque peu répan-
due qu'elle fût dans la société. Prévenue
en faveur de Waldemar par des rapports avantageux, elle ne fut pas fâchée
que l'accident qui venait de lui arriver
l'eût rapproché d'elle, et elle n'hésita
point à accepter son bras. Ils rencon-
trèrent Sigvert, qui sur la demande de
Waldemar, le présenta à Ethelinde, et
celui-ci ne la quitta qu'après en avoir ob-

tenu la permission de venir s'informer
de sa santé.

Il ne manqua pas d'en profiter ; cette
entrevue conduisit à une connaissance
plus intime, et Waldemar charmé de
l'esprit et de l'amabilité d'Ethelinde fut
bientôt aussi épris qu'un homme puisse
l'être d'une femme qui a toutes les qualités nécessaires pour plaire aux yeux et
pour charmer le cœur.

Il brûlait d'envie de lui demander sa
main, mais un scrupule l'arrêtait encore.
On l'avait assuré que plusieurs jeunes
gens avaient essuyé un refus uniquement parce qu'ils n'avaient pas voulu
souscrire aux conditions dont le baron
Sigvert lui avait parlé. Il n'était donc
pas impossible qu'Ethelinde ne lui accor-
dât la préférence qu'en faveur de sa
docilité. Cette idée pénible retenait un
aveu cent fois prêt à sortir de sa bouche,
il s'en échappa pourtant dans un moment où il se trouvait seul avec Ethelinde,
et où il ne put résister à la violence de
sa passion.

Il était trop clairvoyant pour ne pas s'apercevoir que sa déclaration fut écoutée avec plaisir. Ethelinde d'ailleurs supérieure à la dissimulation et aux petits artifices trop ordinaires de son sexe, convint avec franchise qu'elle payait de retour les sentimens qu'elle lui avait inspirés, et ajouta qu'elle éprouvait pour la première fois un vif regret d'être obligée de mettre quelques conditions au don de sa main.

Le cœur de Waldemar battait vivement; mais sans lui apprendre qu'il savait déjà ce qu'elle avait à lui dire, il la pria de s'expliquer.

Elle lui dit alors tout ce qu'il avait déjà appris du baron Sigvert. « Telles sont mes conditions, lui dit-elle, vous êtes libre de les refuser, mais quoiqu'il pût m'en coûter, quoiqu'il fallût renoncer au bonheur de ma vie, si vous ne les acceptez pas, il est impossible que je change de résolution, et je mourrais plutôt que de m'en écarter. »

La manière dont elle s'expliqua, son

ton, ses regards, tout assura Waldemar qu'il était véritablement aimé. Il n'hésita pas un instant à lui déclarer qu'il acceptait ses conditions sans aucune réserve, et la pria même de lui faire connaître sur le champ la femme infortunée à laquelle il se ferait un plaisir de prodiguer des soins comme elle-même.

Ethelinde ne put retenir ses larmes, et lui tendant la main, « elle est à vous, lui dit-elle, et elle ne fait que suivre le don de mon cœur qui vous appartenait déjà. Tout mon regret est que ma *pauvre maman* ne puisse sentir le bonheur dont va jouir *sa chère Mina*, comme elle m'appelle.»

— « Mina? mais votre nom est Ethelinde.?»

— « Oui, mais elle me prend pour une fille qu'elle a perdue il y a quelques années, et le seul plaisir qu'elle soit capable de goûter est celui que lui procure ma présence. Jugez s'il me serait possible de l'abandonner?»

— « Non sans doute, avec un cœur

comme le vôtre. — Mais quelle circonstance l'a privée de la raison, et vous a confié le soin de sa personne?»

« Un événement affreux, dit Ethelinde en pâlissant, lui a fait perdre au même instant sa fille et sa raison, et depuis ce temps l'inconduite de son fils, pour ne rien dire de plus, lui a fait perdre toute sa fortune.»

— «Et quel fut cet événement ?»

— « Dispensez-moi pour aujourd'hui de ce récit pénible. Je sais qu'il va être de mon devoir de n'avoir pour vous aucun secret ; mais pour vous donner cette explication, j'ai besoin de faire sur moi-même un effort dont je me sens incapable en ce moment. Demain, vous saurez tout : en attendant, je vais vous faire voir ma pauvre maman.»

Elle le conduisit alors dans un appartement sur le derrière de sa maison, et qui donnait sur un grand jardin. Quand elle en ouvrit la porte, il apperçut une dame d'environ quarante-cinq ans, dont les traits annonçaient, en même-temps

IV. 2

la beauté qui les avait animés autrefois, et les chagrins qui les avaient flétris. Elle était assise dans un fauteuil, dans un état d'immobilité parfaite, l'œil fixe, les bras pendans, insensible en apparence à tous les objets extérieurs.

« Quel état déplorable! pensa Waldemar. Mais dès qu'elle aperçut Ethelinde, un rayon d'intelligence revint animer ses traits, l'amour maternel se peignit dans ses regards, et elle accourut vers l'objet de sa tendresse, les bras étendus en s'écriant : Mina! ma chère Mina! »

« Maman! pauvre maman! » s'écria Ethelinde en l'embrassant. Et l'infortunée jetant autour d'elle un regard effrayé, comme si elle eût cherché un objet qu'elle craignait de rencontrer, la serra de nouveau dans ses bras, en disant : mais oui, je la tiens, c'est bien sûrement elle! »

— « Elle avait prononcé ces mots en français. « Est-elle française ? demanda Waldemar, et vous prend-elle toujours pour sa fille?»

— «Elle est née en France, et quoiqu'elle sût très-bien l'allemand, il paraît qu'elle l'a totalement oublié depuis qu'elle a perdu la raison, et elle ne parle jamais qu'en français. Elle me reçoit toujours comme vous le voyez, et m'appelle sa Mina. Sa fille qui était mon amie intime, serait de mon âge, si elle avait vécu, et elle me ressemblait à s'y méprendre.

— «Heureuse illusion ! je ne suis pas surpris que votre bon cœur prenne plaisir à faire éprouver quelques instans de bonheur à un être si digne de compassion.»

« Je vais chanter, chère maman, dit Ethelinde, assieds-toi.»

« Mina va chanter ! s'écria sa mère prétendue : quel bonheur pour moi ! »

Ethelinde chanta, en s'accompagnant sur la harpe, un des airs que Mina avait chantés autrefois, tandis que la mère infortunée, mais heureuse de son erreur, l'écoutait avec attention et ravissement.

Waldemar ne l'écoutait pas avec

moins de transport, mais il était encore moins charmé de la pureté de sa voix, du brillant de son exécution, qu'attendri du motif respectable qui lui faisait déployer ses talens en ce moment, et il avait peine à retenir ses larmes.

Ethelinde vit son émotion, sentit la sienne s'accroître et craignant de ne pouvoir la maîtriser, et d'occasionner une scène que ne pourrait supporter la sensibilité de la pauvre créature pour qui elle était le seul lien qui l'attachât encore à la vie, elle se leva, alla l'embrasser, et lui dit : » Adieu, maman, je reviendrai bientôt. »

« N'y manquez pas, Mina ! dit celle-ci, et se replaçant sur son fauteuil, ses traits perdirent leur expression, ses yeux redevinrent fixes, ses bras tombèrent, elle reprit son état d'immobilité. La statue était replacée sur son piédestal.

« Jamais je n'ai été si ému ! jamais je n'ai éprouvé tant d'intérêt et de curiosité ! dit Waldemar à Ethelinde. J'attendrai avec impatience le récit que vous m'avez promis. Mais soyez bien sûre, chère Ethelinde; que je goûterai moi-même un véritable plaisir en songeant que ma maison sert d'asile à cette infortunée, et que ma femme, par sa présence et par ses soins, peut adoucir l'horreur de sa situation.

« Vous savez, dit Ethelinde, que la joie a ses larmes comme le chagrin. Vous pardonnez donc celles que vous me voyez répandre. L'assurance que vous me donnez est un baume pour mon cœur. Mais il faut nous séparer. Je ne suis restée que quelques minutes avec ma pauvre maman, et j'ai coutume de faire près d'elle de plus longues séances. »

Waldemar se retira, plus enchanté, plus épris d'Ethelinde qu'il ne l'était avant d'avoir été témoin de cette scène intéressante, et se promettant avec elle un bonheur pur et sans mélange.

Il ne manqua point au rendez-vous le lendemain. Ethelinde remplit la promesse qu'elle lui avait fait la veille. Je ne ferai pas en ce moment le détail de la

conversation qu'ils eurent ensemble. Je
me bornerai à dire que Waldemar partit
le lendemain pour Bruxelles qui était le
lieu de sa naissance, et où demeurait son
frère; qu'aussitôt qu'il fut de retour,
on fit les préparatifs du mariage, qui
fut célébré peu de temps après, et que
la nouvelle mariée, sa *pauvre maman*,
le vieux serviteur, et Carlo, le chien de
Terre Neuve, furent installés en même-
temps dans la maison de Waldemar, qui
était située à un mille de Ratisbonne.

Jamais union ne s'ouvrit sous de plus
heureux auspices que celle de Waldemar et d'Ethelinde Manstein. Chaque
année semblait ajouter encore à leur
tendresse et à leur bonheur, et cependant chaque année le front d'Ethelinde
semblait se charger plus souvent de
soucis et d'inquiétude. Elle s'allarmait
de la moindre chose, et le plus léger
incident suffisait pour la jeter dans une
agitation dont personne ne connaissait
la cause excepté Waldemar, dont les
soins, les attentions et les tendres re-

montrances parvenaient à dissiper ces nuages passagers.

Dix ans s'étaient écoulés depuis leur mariage, et Ethelinde, sans rien perdre de ses charmes, était devenue mère de quatre jolis enfans qui faisaient son bonheur et celui de Waldemar, quand une affaire imprévue obligea celui-ci à se rendre à Presbourg. C'était leur première séparation; elle leur coûta beaucoup, mais elle était nécessaire, et Waldemar partit après avoir installé chez lui la famille d'un de ses parens nouvellement marié, et dont Ethelinde aimait beaucoup l'épouse, afin qu'elle trouvât dans cette société quelque dédommagement pour la perte de la sienne, et qu'elle en fût moins portée à se livrer aux idées sombres qui, depuis quelque temps, l'agitaient de plus en plus.

Peu de jours après son départ, M. Meynell, Anglais, voyageant alors avec sa femme, qui avait dessein de passer l'été à Ratisbonne, et qui avait formé une liaison intime avec Waldemar, vint

avec son épouse faire une visite à Ethelinde, et en reçut l'invitation de passer
quelques jours auprès d'elle.

Il y consentit. La conversation, dans
la soirée, roula sur ses voyages. « En
passant par Bruxelles, dit-il, on me fit
voir dans une rue un homme dont l'histoire est singulière. A l'âge de 14 ans,
dans un accès de jalousie; il assassina
une jeune personne d'un coup de poignard. Attendu sa jeunesse, il ne fut
condamné qu'à quinze ans d'emprisonnement, et il venait d'être mis en liberté,
le jour qu'on me le fit remarquer. »

Il avait à peine prononcé ces dernières paroles, qu'Ethelinde poussa un
profond gémissement, et tomba dans
un évanouissement qui ressemblait à la
mort. Elle fut long-temps sans reprendre ses sens, et quand elle revint à elle,
elle sembla ne retrouver la parole que
pour prier instamment ses amis d'envoyer sur-le-champ, chercher Waldemar.

Tous ceux qui se trouvaient près d'elle,

et surtout M. Meynell furent saisis de
surprise et de consternation, et la sup-
plièrent de leur expliquer la cause de
l'accident qu'elle venait d'éprouver, et
de la demande extraordinaire qu'elle
faisait, son mari devant être absent un
mois ou six semaines.

Ethelinde ayant recouvré le pouvoir
de la réflexion, et songeant que son
mari, parti pour une affaire importante,
pouvait à peine être encore arrivé à
Presbourg, imposa silence aux terreurs
qui l'avaient agitée, et dit à ses amis
qu'au lieu de dépêcher un exprès à Waldemar, elle se contenterait de lui écrire
pour l'engager à revenir à l'instant même
que ses affaires le lui permettraient, et
dès qu'elle eut repris assez de forces
pour leur donner les détails qu'ils dési-
raient, elle leur fit le récit suivant.

« Vous ne serez plus surpris de l'effet
qu'a produit sur moi ce que vient de
dire M. Meynell, quand vous saurez que
le scélérat qu'il a vu à Bruxelles, le jour
même qu'il sortit de prison, me desti-

2*

naît le coup qui priva en même temps
ma pauvre amie Mina, de la vie, et sa
malheureuse mère, qui était près de
nous, de l'usage de la raison.

« Et après avoir échappé à un tel danger que j'étais bien loin de craindre,
vous ne serez pas étonnés davantage
de cette irritabilité de nerfs qui m'est
restée et qui m'occasionne des tremble-
mens et même des convulsions, à la
moindre émotion inattendue. Waldemar connaît seul l'histoire déplorable
dont je vais vous instruire, afin que
vous me donniez vos avis sur la conduite
que je dois suivre. » Ethelinde s'étant
arrêtée un moment, ses auditeurs lui ex-
primèrent à la fois leur surprise, et l'intérêt que leur inspiraient ses malheurs.
Elle reprit alors la parole en ces termes.

« Nous allions, Mina et moi, prendre des leçons de danse dans une école
fréquentée par un grand nombre de
jeunes gens des deux sexes. Geraldi Duval, l'homme dont il est question, y
allait aussi. Je fus assez malheureuse

pour fixer son attention ; mais malgré les soins qu'il me prodiguait, il ne m'inspira jamais que de l'éloignement , et je ne pouvais même le voir sans éprouver quelque alarme. Je dus sans doute ce sentiment involontaire à l'expression dure et fière de sa physionomie ; car sa figure était agréable, il était grand, bien fait ; mais ses yeux étaient si noirs , si perçans , si brillans , qu'il était difficile de soutenir son regard , et qu'après les avoir vus une seule fois, il était impossible de les oublier jamais. »

« Cela est exact, dit M. Meynell ,je ne l'ai aperçu qu'un seul instant ,et s'il se présentait devant moi au milieu de cent personnes, je le reconnaîtrais à ses yeux. »

« Il paraissait plus âgé que moi, continua Ethelinde, quoiqu'il n'eût que quatorze ans ; mais j'en avais seize, je le regardais comme un enfant, et je ne dansais avec lui que lorsque je ne pouvais m'en dispenser.

« Il était orphelin à cette époque.

Son père était un Français d'une naissance obscure qui avait épousé une Na-
politaine. Ils avaient pourtant amassé
quelque argent en allant vendre des gravures et des médailles de ville en ville,
et quand ils moururent, ils laissèrent à
leur fils une fortune assez honnête. Son
tuteur veillait à son éducation, et c'était
par son ordre qu'il venait à l'école où
nous prenions des leçons. Les jeunes
gens qui la fréquentaient étaient presque tous d'une naissance distinguée, et
le fils de Guillaume Duval et de Thérèse
Géraldi avait trop de pénétration pour
ne pas voir bientôt qu'on le regardait
généralement comme déplacé dans cette
société. La malheureuse prédilection
qu'il avait conçue pour moi fut pourtant
assez forte pour l'y retenir, et il sup-
porta avec courage l'impertinente fami-
liarité des uns, et le froid dédain des
autres. Ma conscience ne me reproche
pourtant pas de l'avoir jamais traité avec
hauteur ; mais il ne put se méprendre
sur l'éloignement qu'il m'avait inspiré.

« J'insiste sur ces circonstances, quelque minutieuses qu'elles soient, parce qu'en faisant connaître l'état probable de son ame et de ses sentimens, elles préparent à l'action atroce que je vais avoir à rapporter.

« J'étais allée un soir avec Mina, sa mère et mes parens à un bal où devait se trouver réunie la meilleure société de Bruxelles. Mina et moi, nous étions vêtues de la même manière, ce qui ajoutait encore à la ressemblance qu'on prétendait trouver entre nous. La première personne que nous aperçûmes en entrant fut Géraldi, dont les yeux étaient fixés sur nous.

« Je ne fus pas un instant sans danser, et Géraldi qui ne dansait pas, et qui semblait guetter l'occasion de me parler, fut long-temps sans pouvoir y réussir. Enfin, la soirée était déjà fort avancée lorsqu'ayant dansé une walse avec un parent de Mina, je m'étais assise avec elle près d'une croisée ouverte. Géraldi saisit ce moment pour s'approcher de

moi , et m'invita à danser avec lui la
prochaine contredanse. Je le refusai ,
sous prétexte d'être trop fatiguée pour
danser davantage , et effectivement , je
me proposais alors de ne plus danser.
Je lus sur sa physionomie la mortifica-
tion que ce refus lui faisait éprouver, et
voyant qu'il se disposait à s'asseoir près
de nous , je feignis de trouver l'air de la
fenêtre trop froid , et me levant je pris
Mina sous le bras, et l'emmenai dans un
autre salon. Géraldi prononça d'un air
de dépit quelques mots à voix basse que
je ne pas entendre , nous suivit à pas
lents quelques instans, et se détournant
tout-à-coup, il disparut.

« J'avoue que je ne puis me rappeler
cette soirée sans éprouver quelque sentiment de commisération pour lui. Il
avait fait des frais pour avoir une mise
aussi élégante et aussi recherchée que
les jeunes gens les plus distingués de la
ville ; son miroir devait l'avoir assuré
qu'il ne le cédait à aucun d'eux en agré-
mens extérieurs ; et la jeune fille aux

yeux de laquelle il désirait surtout de plaire, refusait froidement sa main pour une contredanse , et s'éloignait de lui avec un dédain mal déguisé , lorsqu'il montrait l'intention de s'asseoir près d'elle.

« Mais je fis encore pis. Après l'avoir refusé, je dansai avec un autre. Au bout d'une demi-heure , on vint m'inviter à une autre walse. Je ne pensais plus à Géraldi ni au refus que je lui avais fait, et j'acceptai la main d'un des hommes les plus distingués de Bruxelles. Combien je me reprochai cet oubli, quand, vers la fin de la walse, je vis Géraldi en face de moi, me lançant des regards de fureur , pâle de rage , les lèvres tremblantes , et me faisant un geste menaçant ! Cette impression ne fut pourtant que passagère ; car il disparut au même instant , et je l'oubliai encore une fois.

« J'ai appris depuis qu'en sortant du bal, il était rentré chez lui, avait changé d'habits , avait bu une grande quantité

de vin coup sur coup, pour s'étourdir
sur le crime qu'il avait projeté ; et que
s'étant armé d'une espèce de poignard,
il était revenu à la porte de la maison où
nous étions, pour y attendre notre
sortie.

« Le bal cessa enfin; on annonça notre voiture une des premières ; nos parens nous pressèrent de partir ; nous
nous hâtâmes de les suivre, et, dans la
précipitation du moment, Mina prit
mon schall et je me couvris du sien, circonstance qui lui coûta la vie en sauvant
la mienne. Nous traversâmes un long et
étroit corridor qui conduisait à la porte;
en y arrivant, mon père avança quelques
pas pour appeler les domestiques ; je
donnais le bras à Mina, et sa mère était
derrière nous. En ce moment, je vis
briller une lame d'acier à la clarté d'une
lampe, et au même instant Mina poussant un cri perçant tomba à la renverse
dans les bras de sa mère. Mon père qui
revenait alors vit un poignard ensan-

glanté dans la main d'un jeune homme,
il le lui arracha, le fit arrêter, et on le
ramena près du corps de sa victime.

« Je m'étais précipitée sur le corps de
ma malheureuse amie : quand on me releva, je reconnus Géraldi. Son visage
qui exprimait la joie féroce de la vengeance satisfaite, prit en me reconnaissant, l'expression de la rage et du désespoir. « *Je te retrouverai un jour*, » me
dit-il à demi-voix, avec un regard et
d'un ton que je n'oublierai de ma vie.

« On le conduisit en prison, et quelques jours après il fut mis en jugement,
et convaincu de meurtre. On épargna
ses jours en considération de sa jeunesse,
et on ne le condamna qu'à vingt ans
d'emprisonnement, avec faculté au juge
de réduire ce terme à quinze, s'il se
conduisait bien, pendant ce temps.

Mon père fut obligé de paraître devant le tribunal comme témoin. Malgré
le crime de Géraldi, son âge lui avait
inspiré quelque compassion ; et il ne fut
pas fâché d'entendre prononcer contre

lui une sentence d'emprisonnement, au lieu d'une condamnation à mort. Mais quand le juge, après lui avoir fait faire lecture de son arrêt, lui demanda s'il se repentait de son crime, il répondit avec effronterie qu'il se repentait d'avoir tué Mina Sternheim au lieu d'Ethelinde Manstein, attendu qu'il n'avait satisfait ni sa haine ni sa vengeance, mais qu'il espérait mieux réussir quelque jour.»

« Lorsque mon père entendit prononcer ces paroles et vit le regard dont elles furent accompagnées, il éprouva pour ma vie une crainte qui depuis ce moment ne le quitta pas un seul instant. J'étais alors au lit, souffrant d'une maladie nerveuse, occasionnée par la terreur, et par le chagrin que m'avait causé la mort funeste de mon amie, et la pauvre madame Sternheim était dans l'état dans lequel elle est encore aujourd'hui.

« Son fils, homme sans honneur et dépourvu de tous sentimens, accourut d'Angleterre dès qu'il apprit la mort de sa sœur, et la situation de sa mère. Il ne

perdit pas un instant pour se faire nom
mer administrateur de ses biens, et
consentit volontiers à la proposition
que lui fit mon père de garder avec
nous madame Sternheim. Il insista cependant pour payer sa pension, mais
ayant quitté Bruxelles, il trouva bientôt
moyen de dissiper toute la fortune de
sa mère, qui ne consistant pas en im-
meubles, se trouvait entièrement à sa
disposition. Elle fut donc entièrement
à notre charge ; mais nous étions bien
loin de la considérer comme un fardeau.
Mon père au contraire éprouvait un
profond regret de la mort funeste qui
avait frappé la pauvre Mina, malheureuse
victime de l'assassin qui menaçait mes
jours, et il se regardait comme obligé,
en conscience, d'avoir pour son infortunée mère tous les soins et toutes les attentions capables d'adoucir sa triste situation. Lorsqu'on essaya de me présenter à ses yeux, qu'on vit qu'elle me
prenait pour sa fille, et qu'elle semblait
lorsque j'étais avec elle, oublier ses cha-

ins, la satisfaction que lui procurait
ma présence, les remplit de joie, en
leur offrant un faible moyen de nous
acquitter envers elle, autant que son
malheureux sort nous le permettait : et
ils me la léguèrent après leur mort
comme un dépôt précieux et sacré.

« Nous ne pûmes nous décider à rester plus long-temps à Bruxelles. Nous
désirâmes même nous établir à une
grande distance de cette ville, et ce fut
la raison qui nous amena à Ratisbonne.
Malgré ce changement de demeure,
mon père était dans des allarmes perpétuelles pour ma sûreté. Il tremblait
que Géraldi ne parvînt à s'échapper de
prison. Jamais il ne me laissait sortir
seule, et quand il lui était impossible de
m'accompagner, il me faisait escorter
par Maurice, ancien serviteur qui connaissait Géraldi, et sur le zèle, le courage et la fidélité duquel on pouvait
compter ; et par mon fidèle Carlo qui
m'était fort attaché, et que j'avais élevé
moi-même. Il me recommanda en mou-

rant de ne jamais me séparer ni de l'un
ni de l'autre. Je le perdis trois ans après
ce fatal événement, et j'exécutai fidèle-
ment tout ce qu'il m'avait prescrit.

« Deux ans après, le meilleur des ma-
ris me dédommagea de cette perte autant
que la chose était possible. Avant notre
mariage Waldemar fit un voyage à
Bruxelles, uniquement pour voir Géraldi dans la prison où il était détenu,
et juger de l'effet que cinq années de détention avaient pu produire en lui. Il me
dit, à son retour, qu'en conversant avec
lui, il l'avait trouvé très-repentant de
son crime, et résolu à mener une conduite régulière quand le moment de re-
couvrer sa liberté serait arrivé ; qu'il
l'avait assuré que je prenais intérêt à lui,
et que je plaignais la situation où il se
trouvait ; qu'enfin il lui avait demandé
s'il désirait que je lui envoyasse des livres
pour charmer l'ennui de sa captivité ;
mais que Géraldi en le priant de me re-
mercier d'une bonté si peu attendue,
lui avait dit qu'il ne pouvait se résoudre

à recevoir une faveur d'une personne à la vie de laquelle il avait voulu attenter.

« Cette nouvelle appaisa mes craintes pour l'avenir, si elle ne les dissipa point entièrement, et quand nous apprîmes qu'il était probable qu'on lui ferait grâce des cinq dernières années d'emprisonnement, je n'y vis qu'une preuve que le juge était convaincu de la sincérité de son repentir, et je ne regrettai pas qu'il fût traité avec cette indulgence, quoique je remarquasse qu'elle ne plaisait point à Waldemar.

« Tel est, mes chers amis, le récit que j'avais à vous faire. Maintenant vous savez que l'événement qui nous avait été annoncé comme vraisemblable, est effectivement arrivé. Géraldi est en liberté; mon mari est absent: donnez-moi vos avis. Croyez-vous que les craintes que je ne puis m'empêcher de conserver soient sans fondement? Dois-je rappeler Waldemar sans délai? »

Ce ne fut qu'après une assez longue discussion et de mûres réflexions que ses auditeurs osèrent répondre à de telles questions. Enfin il fut convenu qu'elle écrirait à son mari pour l'informer de la mise en liberté de Géraldi, et qu'elle lui dirait en même-temps que tous ceux qui se trouvaient en ce moment chez elle, ne la quitteraient pas avant son retour.

Quant aux dangers qui pouvaient encore la menacer, ils pensèrent d'une part qu'en supposant la continuation des projets criminels de Géraldi, il ne lui serait pas facile de découvrir qu'Ethelinde Maustein qu'il avait connue à Bruxelles, était devenue madame Waldemar et demeurait à Ratisbonne ; et d'une autre, qu'il y avait lieu d'espérer que quinze ans d'emprisonnement avaient pu déraciner les mauvaises dispositions d'un enfant qu'un instant de dépit et de colère avait porté au crime.

Ethelinde malgré le désir qu'elle en avait, ne pouvait partager cette opinion. Elle appréhendait qu'une si longue détention, le regret d'avoir vu sa jeunesse se flétrir entre les murs d'une prison, le

désespoir de trouver fermés pour lui à
l'avenir, tous les chemins que son ambition aurait pu s'ouvrir, n'eussent rendu
plus amer le fiel que le cœur de Géraldi
nourrissait contre elle. Il ne pouvait
plus, comme un autre Caïn, reparaître
il dans le monde qu'avec le signe du meurtre empreint sur son front, n'y rentrait-il
donc pas enflammé d'une nouvelle soif
de vengeance? La société des scélérats
de toute espèce qu'il avoit dû avoir si
long-temps pour compagnons, n'avait-
elle pas dû l'endurcir dans le crime, l'é-
loigner de tout retour vers la vertu; et
dégradé à ses propres yeux, comme à
ceux des autres hommes; sans amis,
sans occupations, sans ressources; ne
trouvant rien à craindre ni à espérer;
n'allait-il pas suivre sans remords, et
avec une nouvelle activité; l'affreux sen-
t'er où il étoit entré si jeune?

« Au surplus, pensait Ethelinde
avec la confiance qu'inspire une véritable piété, la même providence qui m'a
déjà protégée contre ses coups, veille

encore sur moi, et sans sa permission
le poignard de l'assassin ne peut l'atteindre.»

Lorsque Waldemar reçut avec la
lettre d'Ethelinde la nouvelle de la
mise en liberté de Géraldi, il conçut des
inquiétudes encore plus vives que celles
de son épouse, parce qu'il avait des sujets
de crainte qu'elle ne connaissait point.

Tout ce qu'il lui avait dit de son entrevue avec Géraldi était exactement
vrai ; mais ce qu'il n'avait pas voulu lui
dire, de peur de lui causer de nouvelles
alarmes, c'est qu'en sortant de la chambre dans laquelle il était détenu, sur le
seuil même de la porte, s'étant retourné
de son côté, au lieu de l'air humble et
paisible qu'il lui avait remarqué pendant
son entretien, il lui avait vu le sourcil
froncé, l'œil menaçant, tous les traits
annonçant un ressentiment implacable,
et une soif de vengeance que le meurtre
seul pourrait éteindre.

Waldemar ne pensait pas que Géraldi
récemment rendu à la liberté, pût de

sitôt s'il méditait un crime, en tenter
l'exécution. Cependant, malgré toute sa
confiance dans le zèle des amis qu'il savait près d'Ethelinde, il n'espérait de
tranquillité que lorsqu'il pourrait lui-
même veiller à sa sûreté. Quelque importante que fût l'affaire qui l'avait appelé
à Presbourg, il aurait tout abandonné
pour retourner à Ratisbonne, s'il avait
cru y être retenu long-temps. Mais dès
son arrivée il avait trouvé tout disposé
pour conclure, et il ne crut pas qu'un
retard de deux jours pût avoir le moindre inconvénient dans la circonstance.
Il écrivit donc à Ethelinde, afin de mo-
dérer ses craintes, tout en lui recom-
mandant la prudence ; sa lettre annonçait à son épouse le jour de son départ
de Presbourg, et celui où il arriverait
probablement à Ratisbonne.

Pendant ce temps M. Meynell avait
écrit à un ami qu'il avait à Bruxelles pour
qu'il tâchât d'obtenir des renseignemens
certains sur ce qu'était devenu Géraldi
après sa sortie de prison ; la réponse de

celui-ci l'assura qu'il s'était rendu sur les côtes dans l'intention de s'embarquer pour l'Amérique, et qu'un habitant de Bruxelles l'avait vu à bord du bâtiment qui devait l'y conduire.

Cette nouvelle rendit la tranquillité à Ethelinde, et elle attendit plus patiemment le retour de son mari.

Le jour où il devait revenir était arrivé, et tirait vers sa fin, et Waldemar ne paraissait point. Ethelinde connaissant son exactitude, et s'attendant à le voir à chaque instant, résolut d'aller à sa rencontre sur le chemin de Ratisbonne. Elle appela Carlo, et elle était encore dans une petite avenue qui conduisait de sa maison à la grande route, quand à travers une haie qui la bordait, elle vit deux yeux fixés sur elle, deux yeux qu'elle ne pouvait ni méconnaître, ni oublier.

Elle reconnut aussitôt toute l'étendue du danger qui la menaçait, et cette conviction lui donna le courage du désespoir. Personne n'était à portée pour la secou-

rir, et le fidèle Carlo lui-même était à
quelque distance à jouer avec un autre
chien. Elle l'appela, mais la terreur avait
tellement changé sa voix que Carlo ne la
reconnut point. Elle prit la fuite vers la
maison en poussant de grands cris, mais
au même instant elle vit paraître devant
elle Géraldi, qui l'arrêtant par un bras, et
levant sur elle un poignard, s'écria avec
une joie féroce : « *je te retrouve enfin !* »

Ethelinde redoublant ses cris, saisit
d'une main le bras qui la menaçait, et
tandis que Géraldi cherchait à se dégager,
il se sentit saisir la jambe ; la douleur
qu'il éprouva lui fit lâcher le poignard.
Il se retourna. C'était Carlo qui arrivait
au secours de sa maîtresse, et qui lui
sauta à la gorge. Tandis qu'il luttait contre
cet animal furieux, les cris d'Ethelinde
avaient été entendus. M. Meynell et
plusieurs autres personnes parurent au
bout de l'avenue. Géraldi vit qu'il n'avait
pas un instant à perdre pour se sauver,
et ayant déchargé sur la tête du chien un
si furieux coup de poing qu'il en fut

étourdi pour quelques instans, il sauta par-dessus la haie, monta sur un cheval qu'il avait à quelques pas et s'enfuit au grand galop. On fut bientôt à sa poursuite ; on suivit quelques temps ses traces indiquées par le sang qui coulait de la blessure que Carlo lui avait faite à la jambe ; mais bientôt on ne vit plus de marques de son passage et il fallut renoncer à le poursuivre.

Waldemar arriva deux heures après. Il trouva sa femme au lit, malade des suites de la terreur qu'elle avait éprouvée; sa maison qu'il avait laissée si tranquille, était devenue le séjour de la consternation. Sa présence ne tarda pas à calmer l'agitation d'Ethelinde. « Oh! mon bienaimé, s'écria-t-elle tandis qu'il l'embrassait tendrement, vous ne me quitterez plus, n'est-il pas vrai? »

« Jamais! jamais! répondit-il : mais je ne goûterai plus de tranquillité jusqu'à ce que cet ennemi acharné soit hors d'état de vous nuire, et je vais mettre tout en œuvre pour le découvrir et le faire arrêter, dût-il m'en coûter la moitié de ma fortune ! »

« Mon cher Waldemar, dit Ethelinde, j'aurais pu, et je puis encore courir un bien plus grand danger. J'ai quelque obligation à Géraldi de n'avoir menacé que ma vie ; il aurait pu en attaquer une qui m'est bien plus précieuse. Je vous en conjure, prenez garde d'attirer sa haine sur vous-même ! »

Une pareille crainte ne pouvait empêcher son époux de faire faire contre l'assassin les recherches les plus actives, mais il fut impossible de le découvrir ; circonstance qui aurait moins surpris, si l'on eût connu la vie qu'il menait alors.

Ethelinde sans perdre ses craintes, recouvra pourtant un peu de tranquillité, grace à la présence de son mari qui ne la quittait pas un instant. Ils renoncèrent au projet qu'ils avaient conçu un moment d'aller s'établir dans quelque province éloignée. Mais Géraldi ne les laissa pas jouir long-temps de cette sécurité.

Un soir qu'Ethelinde était assise avec deux autres dames sur un banc dans le jardin, près d'une haie qui lui servait de clôture, Carlo se mit tout-à-coup à gronder, puis à aboyer, la tête tournée du côté de la haie ; enfin l'ayant traversée, il descendit dans un fossé qui la bordait extérieurement.

Ethelinde prit aussitôt l'alarme, mais voyant à deux pas son mari qui se promenait avec quelques amis, elle ne songea point à s'enfuir, et monta sur le banc pour découvrir ce qui pouvait causer l'agitation de Carlo. Elle le vit poursuivre un paysan couvert de haillons, qui paraissait fuir avec difficulté, mais qui se retournait de temps en temps, en menaçant le chien d'un gros bâton qu'il tenait à la main. En ce moment un domestique qui revenait de Ratisbonne où il avait été envoyé en commission passa à peu de distance, et voyant Carlo donner la chasse à un vieux paysan boiteux, il l'appela. Le chien obéissant vint à lui, et le suivit en continuant à gronder, et en se retournant souvent en arrière.

Dès qu'il fut assez près pour qu'on pût lui parler, Ethelinde lui demanda pourquoi il avait rappelé le chien. Il lui répondit que c'était parce qu'il attaquait un pauvre vieux paysan qui n'avait intention de nuire à personne.

— « Etes-vous bien sur qu'il fût vieux? »

— « Oh! oui, madame. Il avait la barbe et les cheveux gris, et il était tout courbé. Cependant à la manière dont il maniait son bâton, on voyait qu'il était encore vigoureux, et en regardant Carlo, on aurait dit qu'il sortait des éclairs de ses yeux. »

— « Ces yeux étaient ceux de Géraldi! s'écria Ethelinde épouvantée. Carlo l'a reconnu, et c'est pour cela qu'il s'acharnait à sa poursuite. »

L'alarme fut une seconde fois dans la maison. On courut à l'écurie, on prit les meilleurs chevaux, on fit des recherches de tous côtés, on visita toutes les chaumières des environs, tout fut inutile on n'en put découvrir aucune trace. Plusieurs villageois se souvinrent d'avoir vu dans la matinée un vieux mendiant boiteux qu'ils ne connaissaient pas ; mais, il n'avait pas reparu depuis ce temps.

Personne ne douta pourtant que ce prétendu paysan ne fût Géraldi, et Waldemar convaincu qu'il était caché dans le voisinage, cherchant l'occasion d'exécuter son crime, résolut de quitter sa demeure actuelle le plus secrètement possible, et de fixer son domicile dans un autre pays.

On eut le lendemain une nouvelle preuve que Géraldi rôdait autour de la maison, comme l'esprit malfaisant sans cesse occupé de sinistres desseins ; car le pauvre Carlo étant entré en chancelant dans la chambre où Ethelinde était avec ses enfans, mit la tête sur les pieds de sa maîtresse et mourut.

Cet évènement fut une nouvelle source de chagrin pour la famille de

3*

Waldemar. Les enfans pleurèrent sur le corps de leur ami Carlo, et Ethelinde qui le regardait comme un serviteur fidèle, comme le sauveur de sa vie, comme un souvenir de l'affection de son père et des tendres inquiétudes qu'il avait conçues pour ses jours, déplora sa perte avec des regrets que son mari partagea bien sincèrement.

Mais Waldemar ne se borna pas à d'inutiles plaintes. Il voulut connaître la cause de la mort de Carlo, et l'ayant fait ouvrir, on reconnut qu'il avait été empoisonné. Le valet qui avait rappelé le chien lorsqu'il poursuivait le prétendu paysan, se souvint que tandis qu'il répondait aux questions d'Ethelinde, il l'avait vu manger quelque chose dans le fossé, et l'on ne douta plus que Géraldi n'y eût déposé un morceau de viande empoisonnée, afin de priver Ethelinde de son fidèle défenseur. Il était donc évident que l'assassin invisible ne perdait pas de vue sa victime; le départ devenait indispensable, et l'on s'en occupa sérieusement, quoique dans le plus grand secret.

Il n'était pas facile de décider lequel serait le plus prudent, de partir pendant la nuit, ou d'attendre le jour, La nuit pouvait favoriser les projets criminels de Géraldi, et le jour donner à leur départ plus de publicité. Enfin ils résolurent de partir au petit jour, de s'arrêter dès que l'obscurité arriverait, et de continuer à voyager ainsi jusqu'à ce qu'ils arrivassent à leur destination. Dans le dessein de rendre leur marche secrète, ils décidèrent qu'ils n'emmèneraient avec eux que Maurice et une fille pour prendre soin des enfans.

L'idée qu'ils étaient forcés d'abandonner une habitation agréable pour fuir la vengeance infernale d'un scélérat forcené, rendait cette résolution encore plus pénible, et la fermeté de Waldemar même en fut ébranlée. Il tâcha pourtant, comme le faisait Ethelinde, de vaincre sa mélancolie, et d'écarter ses sombres pressentimens, pour ne pas jeter un nuage sur l'innocente gaieté de ses enfans, et leur ravir l'heureux privi-

lége de leur âge, celui de ne verser
d'autres larmes que celles qu'on oublie
dès qu'elles ont cessé de couler.

Ce fut par une belle matinée du mois
de septembre que la famille de Waldemar se mit en route pour Hambourg,
où ils comptaient rester pendant qu'on
ferait de nouvelles recherches pour s'assurer de la personne de Géraldi. Waldemar avait choisi cette ville comme un port
d'où l'on pouvait facilement s'embarquer
pour l'Angleterre, si de nouvelles alarmes les obligeaient à abandonner leur
pays. Ils voyageaient dans deux voitures.
Monsieur et madame Waldemar étaient
dans l'une avec deux de leurs enfans et
madame de Sternheim qui vivait encore,
et qui était toujours dans la même situation; Maurice était dans la seconde avec
les deux plus jeunes enfans, et la fille
qui en prenait soin.

La première journée fut aussi agréable
que pouvait l'être un voyage causé par
des circonstances si affligeantes. La gaieté
innocente des enfans se communiqua

même plusieurs fois à leurs parens, dont
l'esprit toujours occupé de leur ennemi
acharné , le cherchait dans tous les
voyageurs qu'ils rencontraient , dans
toutes les voitures qui passaient sur la
route. Une fois un homme à cheval passa
au grand galop, après avoir regardé dans
la voiture, à ce que dit un des enfans.
Waldemar et sa femme examinaient un
château situé sur une éminence, de
l'autre côté de la route, lorsque l'enfant
qui avait vu un homme s'arrêter pour
regarder dans la voiture, s'écria : voyez ,
maman! Mais Ethelinde en se retournant
ne vit qu'un homme qui courait à toutes
brides sur la route, et rien ne légitimait
le soupçon que ce pût être Géraldi.

Ils arrivèrent à la chute du jour dans
une petite ville où ils devaient passer la
nuit. Ils descendirent dans la principale
auberge ; la soirée était fort belle ; la
pauvre madame Sternheim n'avait pris
aucun exercice pendant toute la journée,
ce qui avait paru la contrarier ; Ethelinde
après avoir fait coucher ses enfans, des-

cendit avec elle dans le jardin, où Waldemar promit d'aller les rejoindre dès qu'il aurait fini une lettre qu'il écrivait. Ce jardin n'était guères qu'un passage qui conduisait dans un plus grand où l'on donnait une fête cette nuit, et qui était illuminé. La porte qui y conduisait était ouverte, et la *pauvre maman* regardait d'un air d'admiration stupide les verres de couleur qui produisaient une illumination brillante. La musique se faisait entendre dans une autre partie du jardin. Tout-à-coup une voix de femme chanta un des airs que Mina chantait autrefois, et aussitôt madame Sternheim s'écriant: Ecoutez, voilà Mina qui chante! tira Ethelinde par le bras pour la conduire du côté d'où la voix partait.

Ethelinde ne se souciait pas d'entrer dans ce jardin sans être accompagnée de son mari, et cependant elle ne pouvait se résoudre à priver cette malheureuse femme du seul plaisir qu'elle fût capable de goûter. Elle la suivit donc quelques pas; mais se trouvant dans une

allée qui n'était que faiblement éclairée
par quelques lampes placées de loin en
loin, par laquelle il fallait nécessairement
passer pour aller à l'endroit où le concert se donnait, et dans laquelle il ne
se trouvait personne, tout le monde
s'étant rassemblé autour des musiciens,
elle fut saisie d'une sorte de crainte, et
arrêtant sa compagne, elle résolut de
rentrer dans le petit jardin et d'y attendre Waldemar.

Que devint-elle lorsqu'en se retournant, elle se trouva en face de Géraldi?

Tiens! lui dit-il, en levant pour la
frapper, sa main armée d'un poignard.
Le coup allait suivre la menace quand
l'infortunée créature qu'il avait privée
de sa fille et de la raison, oubliant l'es-
pace de temps qui s'était écoulé depuis
ce moment terrible, crut y être encore
en cet instant; la vue du poignard levé,
du meurtrier dont les yeux étincelaient
de rage produisirent sur elle une révolution qu'elle ne put supporter. Elle se
précipita au devant d'Ethelinde, pour la

couvrir de son corps, et s'écriant : Mina!
Mina! ma chère enfant! Elle tomba par
terre privée de tout sentiment.

Ses yeux égarés, ses joues pâles et
creuses, ses bras levés au ciel semblèrent
paralyser le bras du meurtrier, qui la reconnut, et qui savait que l'état déplorable
où il la voyait était son ouvrage. Mais
comme il sortait de cette stupeur involontaire et momentanée, et qu'il se
préparait à consommer son crime, il vit
Waldemar et Maurice entrer dans le
jardin, et ne songeant qu'à leur échapper
il s'enfuit sous des allées sombres.

Cependant Ethelinde s'était jetée sur
le corps de sa malheureuse amie qu'elle
croyait avoir été frappée, comme sa fille,
du coup qui lui était destiné. Mais ne
voyant sur ses vêtemens aucune trace de
sang, elle espéra que la terreur n'avait fait
que la priver de ses sens, et elle tâchait
de la rappeler à la vie quand M. Waldemar et Maurice arrivèrent. Ils ne pensèrent d'abord qu'à donner du secours à
madame Sternheim ; ils la croyaient

frappée d'une attaque subite d'apoplexie,
et avant même de songer à demander à
Ethelinde la cause de cet accident, ma
chère amie, lui dit Waldemar en la rele-
vant, laissez nous transporter cette infortunée dans la maison, où il sera plus
facile d'employer les moyens nécessaires
pour chercher à lui rendre l'usage de
ses sens.

« Oui! dit Ethelinde, d'un ton qui
le remplit d'alarmes : oui, fuyons! il
pourrait revenir, et il nous tuerait aussi! ».

« Qui pourrait revenir? s'écria M.
Waldemar d'une voix tremblante. »

— « Géraldi. Il était ici. Elle l'a reconnu, elle lui a parlé, elle l'a épou-
vanté, elle m'a sauvé la vie. »

Son ton, son air, ses gestes, tout
convainquit Waldemar que cet événement avait troublé son esprit. Il chargea
Maurice du soin de faire transporter
madame de Sternheim, et soutenant
Ethelinde il la reconduisit dans l'auberge.

On déposa sur un lit le corps de madame de Sternheim : on employa tous

les secours de l'art pour la rappeler à la vie, et l'empressement d'Ethelinde à partager les soins qu'on lui donnait, l'inquiétude qu'elle montrait pour sa malheureuse amie firent espérer à Waldémar que son épouse échapperait au danger de perdre la raison, comme elle venait d'échapper encore au fer assassin.

Il craignait cependant pour elle le moment où la mort de madame de Sternheim ne serait plus douteuse. Les chirurgiens ne tardèrent pas à déclarer qu'il ne restait aucune espérance; se livrant alors à toute sa douleur, elle se précipita sur ce corps inanimé, et versa les premières larmes qui eussent mouillé ses yeux depuis cet événement affreux. Waldemar jugeant cette émotion salutaire, ne chercha qu'à l'augmenter. « infortunée! s'écria-t-il, te voilà donc aussi victime de ce scélérat! Mais pour cette fois il s'est montré compatissant. Après t'avoir privée de tout ce qui donne du charme à la vie, la mort qu'il t'a donnée est un bienfait pour toi. Mais tout en me

réjouissant de voir la fin de tes souffrances, je te pleurerai toujours; toujours je
regretterai de ne pouvoir plus par mes
soins et mes attentions, adoucir le sort
d'une infortunée à qui je dois aujour-
d'hui, comme à sa fille, les jours de ma
chère Ethelinde. »

Les pleurs d'Ethelinde redoublèrent
à ces mots. Son mari l'embrassa tendrement, et elle sentit qu'elle ne pleurait
pas seule. « Quoi! s'écria-t-elle bientôt
après, ne la reverrai-je donc plus me sourire en arrivant près d'elle? Ne l'enten-
drai-je plus m'appeler, Mina! chère Mina!
Ne jouirai-je plus du plaisir de savoir que
ma présence avait le pouvoir de rappeler
à l'existence un être infortuné qui ne
faisait que végéter loin de moi? »

Elle donnait ainsi une bien forte
preuve de cette observation si connue,
qu'on s'attache plus par les services que
l'on rend, que par ceux qu'on reçoit.

— « Oubliez-vous, ma chère Ethelinde, que vous devez jouir d'un plaisir

encore plus doux, celui de savoir que
les souffrances de notre pauvre amie sont
terminées, et qu'elle vient d'entrer dans
une vie plus heureuse où elle sera réunie
à sa fille si chérie? Si cette idée ne suffit
pas pour vous consoler, où pouvez-vous
jamais puiser des motifs de consolation? »

Ethelinde continuait à pleurer sans
répondre. Elle faisait pourtant des efforts
sur elle-même afin de paraître plus calme.
Elle avait résolu de passer la nuit en
prières près de la défunte, et elle craignait que son mari ne s'y opposât, si
elle montrait une douleur excessive.

Mais Waldemar pensait qu'après une
scène si déchirante, et qui avait produit
une impression si terrible sur l'esprit
d'Ethelinde, le repos lui était indispensable. Il insista pour qu'elle se retirât
dans sa chambre, et ce ne fut pas sans
peine qu'il l'y décida, après lui avoir
promis de passer lui-même la nuit près
de la défunte. Il eut pourtant la satisfac-

tion de voir bientôt un sommeil salutaire lui faire perdre le sentiment de ses
douleurs.

Il passa la nuit dans un état moins
tranquille, en proie aux réflexions les
plus déchirantes, agité par la crainte de
l'avenir et par le souvenir du passé. Il
allait de la chambre de sa femme à celle
de la défunte, et en voyant les joues
décolorées de celle-ci, il pensait en frémissant, que, sans son intervention,
Ethelinde ne serait en ce moment qu'un
cadavre froid et inanimé comme celui
qu'il avait sous ses yeux. Il ne pouvait
oublier que les mêmes dangers la me-
naçaient encore; qu'un ange de mort,
un démon déchaîné, invisible, qu'on
rencontrait partout sans le trouver
nulle part, veillait sur tous ses pas, et
s'apprêtait à immoler sa victime, à l'instant où l'on s'y attendrait le moins.

Mais que faire? où était maintenant
Géraldi? comment lui faire subir le
châtiment qu'il méritait si bien? Waldemar en s'adressant ces questions at-

tendait le retour du jour avec impatience;
un garçon de l'auberge avait dit à Maurice qu'un inconnu était venu reprendre
son cheval dans l'écurie au moment où
l'on rapportait dans la maison le corps
de madame Sternheim, et avait pris le
chemin qui conduisait à Hambourg, en
s'éloignant au grand galop. Qui pouvait-
ce être, si non Géraldi? Maurice accon-
pagné de deux valets de la maison, s'é-
tait mis sur le champ à sa poursuite.
Mais quand Maurice fut de retour, il
apprit à son maître qu'ils avaient d'a-
bord suivi les traces de l'assassin sans se
tromper; d'après les renseignemens
des premières personnes qu'ils avaient
rencontré, on avait vu peu de temps
auparavant un homme à cheval courant
à toutes brides sur la route; on l'avait
encore vu plus loin, mais étant sans
doute mieux monté, il avait gagné sur
eux beaucoup d'avance; et ayant fini
par perdre ses traces, ils avaient été
obligés de renoncer à le poursuivre.

La fille qui prenait soin des enfans

de Waldemar, lui apprit encore qu'a-
près les avoir vus endormis, elle était
descendue dans la cuisine del 'auberge,
et s'y était assise au coin du feu, pour
savoir de l'hôtesse, quelle était la distance jusqu'à Hambourg, et si les routes étaient bonnes ; pendant qu'elles
causaient, elle avait remarqué un
homme à grands yeux noirs qui parlait
avec l'hôte près de la porte. Ayant
alors demandé à l'hôtesse si elle le connaissait, celle-ci lui avait répondu que
c'était un voyageur qui n'était arrivé que
depuis une heure ou deux, et qui, ayant
mis son cheval à l'écurie allait, probablement voir la fête qui se donnait dans
le jardin.

Waldemar ne douta pas un instant
que cet homme ne fût Géraldi, et que
le hasard lui ayant appris qu'ils se rendaient à Hambourg, ce scélérat n'en
suivît la route : il se détermina donc à
prendre une direction opposée, et à se
rendre en Bohême : Géraldi s'imaginant
peut-être qu'ils se rendaient à Hambourg

dans la vue de s'y embarquer, il était probable que ne les y voyant pas arriver, il les croirait partis pour quelque autre port de mer, qu'il les y chercherait, et que se trouvant dépisté, il renoncerait peut-être à ses projets, faute de moyen pour les exécuter.

Il fit part de son nouveau dessein à Ethelinde dont le repos qu'elle avait goûté, avait calmé l'agitation ; tout en regrettant sa malheureuse amie, elle supportait maintenant sa perte avec une résignation chrétienne, et pensait comme son mari que la mort était pour cette infortunée, une faveur de la providence. Elle était fort indifférente sur le choix de sa résidence future, pourvu qu'elle s'éloignât de Géraldi, Tout ce qu'elle regrettait avant de partir, c'était de ne pas rendre les derniers devoirs à madame de Sternheim ; elle aurait voulu verser encore des larmes sur sa tombe; mais il fallait sans délai mettre une grande distance entr'eux et Géraldi, pour le dérouter complétement sur leurs projets. Waldemar en ayant fait sentir la nécessité à son épouse donna des ordres pour les obsèques de leur amie, et pour un monument qu'ils voulaient lui faire élever ; dès le même jour, la famille prit le chemin de la Bohême.

Le temps était beau, les routes meilleures qu'à l'ordinaire. Ils arrivèrent au terme de leur voyage plus promptement qu'ils ne l'espéraient. Rien sur la route, ne renouvela leurs alarmes ; seulement s'ils voyaient passer un cavalier courant au galop, ils craignaient toujours de voir briller les yeux terribles du redouté Géraldi.

Waldemar avait plusieurs fois voyagé en Bohême, il connaissait parfaitement le pays, et ne fut pas long-temps sans trouver une demeure qui lui convînt C'était une espèce de château entouré d'un fossé, et dans lequel on entrait par un pont-levis. Il était à louer pour plusieurs années, et il en prit le bail sur le champ.

IV.   4

Les personnes des environs qui l'a-
vaient connu autrefois, furent surprises
du changement physique et moral qu'on
remarquait en lui. Les inquiétudes perpétuelles dans lesquelles il vivait depuis
long-temps, l'avaient vieilli bien plus
que les années, et ce n'était que rare-
ment et presqu'à contre-cœur qu'il se livrait aux plaisirs de la société dont il
avait fait jadis l'ornement. Ethelinde
aussi, quoique toujours aimable, avait
un air de mélancolie qui ne paraissait
pas lui être naturel, et qui prouvait,
non pas comme dit Marmontel, que
« *l'Amour avait passé par-là*, » mais que
les chagrins et les alarmes avaient fait
sur elle plus de ravages que le temps.

Les enfans étaient pourtant gais, vifs
et bien portans. Etrangers aux soucis
de leurs parens, ils avaient tous les charmes et goûtaient tous les plaisirs de
l'enfance, excepté celui d'une liberté
entière dont on ne pouvait les laisser
jouir. Leur promenade habituelle se
bornait à un petit parterre donnant

sous les fenêtres du château, et que
Waldemar avait fait entourer d'une
grille en fer ; quand on leur permettait
l'entrée du jardin, ils étaient toujours
accompagnés du vieux Maurice, et d'un
gros chien qui avait remplacé le pauvre
Carlo. Ethelinde avait exigé ces précautions. Elle croyait que la haine que Géraldi nourrissait contre elle, s'augmentait
par la difficulté qu'il trouvait à la satis-
faire, et elle craignait qu'il ne cherchât
à la frapper de coups bien plus sensi-
bles en les dirigeant contre son époux
ou ses enfans.

Waldemar hésita quelque temps à
faire connaître à ses amis ce qui l'avait
amené en Bohême. Il se détermina enfin à leur conter sa déplorable histoire ;
c'était le moyen d'expliquer ses fréquents
refus de se rendre à leurs invitations ;
l'homme d'ailleurs aime à exciter l'intérêt, et quoi qu'un appel à la compassion d'autrui nous réduise à une sorte
d'infériorité, on éprouve du plaisir à
peindre les souffrances d'une maladie

dangereuse, àraconter les chagrins de
cœur et d'esprit qu'on a éprouvés, les
dangers qu'on a évités. On s'affectionne
à l'auditeur qui a écouté ces détails avec
attention et intérêt.

Un autre motif, plus puissant encore,
détermina Waldemar à dévoiler sa situation. Il pensait qu'en donnant plus
de publicité aux tentatives d'assassinat
faites par un scélérat contre son épouse,
on aurait plus de chances pour le découvrir et pour le faire arrêter; que
toute la Bohême ferait cause commune
avec lui, et que si ce terrible ennemi osait
en franchir les limites, il ne pourrait y rester inconnu. Il ne se trompa point dans
cette attente. Le récit des dangers
qu'Ethelinde avait courus, l'idée de ceux
qu'elle courait encore excitèrent un intérêt général, et produisirent une espèce
de croisade contre son persécuteur. Son
signalement fut envoyé de tous côtés,
des ordres sévères furent donnés pour
l'arrêter partout où l'on pourrait le découvrir, et pas un étranger n'entrait

dans une ville sans être scrupuleusement examiné.

Le mal est toujours près du bien. Il était possible que tout cet éclat servît à faire connaître à Géraldi la demeure actuelle de Waldemar, Mais un autre inconvénient non moins fâcheux, fut que depuis ce moment Waldemar reçut sans cesse quelques avis d'une apparition de Géraldi. Ces avis étaient dictés moins par la bienveillance que par la cupidité; car les recherches qu'il fallait faire, les gens qu'il fallait employer, coûtaient des sommes considérables; cette dépense ne pouvait avec le temps que devenir ruineuse. C'était une source d'inquiétudes d'un genre nouveau. A peine Waldemar en était-il dédommagé par le plaisir de voir sa famille plus tranquille; depuis qu'elle était établie en Bohême.

On était alors au mois de juin; la belle saison favorable à la santé de Waldemar et de son épouse, semblait encore leur rendre le contentement et la joie; Waldemar jugeant nécessaire une réforme dans ses dépenses eut le courage de l'exécuter. Il congédia une partie de ses domestiques, supprima le précepteur de ses fils, la gouvernante de ses filles, et se c onsacra ainsi qu'Ethelinde à leur éducation.

Pendant cet intervalle de bonheur et de sécurité, Waldemar reçut une lettre du premier magistrat d'une petite ville située à environ cinquante milles. Ce magistrat lui mandait qu'il se trouvait dans la prison de cette ville un homme arrêté depuis peu, dont le signalement ressemblait en tous points à celui de Géraldi; mais qu'il était dangereusement malade et ne paraissait avoir que quelques jours à vivre ; il engageait donc Waldemar à s'y rendre sur-le-champ, ou à y envoyer quelqu'un qui connût ce misérable, afin de pouvoir s'assurer de son identité.

Waldemar ne pouvait négliger cet avis. Il était du plus grand intérêt pour lui d'être informé de la mort de Géraldi, cet événement seul pouvant lui ôter toute inquiétude pour l'avenir. Si au contraire son ennemi recouvrait la santé, il n'était pas moins important de le poursuivre en justice.

Il n'existait dans sa maison que Maurice et lui qui pussent prononcer avec certitude sur l'identité de cet individu. Mais Maurice était convalescent d'une maladie qu'il avait essuyée, et hors d'état d'entreprendre un voyage de cinquante milles. Il fallut donc, au grand regret d'Ethelinde, qu'il prît le parti de le faire lui-même. Avant son départ, il eut une conférence avec Maurice. Il lui recommanda de veiller à ce que pendant son absence le pont-levis fût levé nuit et jour, et de coucher dans l'antichambre de l'appartement de sa maîtresse. Plus tranquille après ces précautions, il monta en chaise de poste et partit.

Il n'était pas à vingt milles de chez lui, qu'il perdit une grande partie de sa sécurité par la rencontre qu'il fit d'un homme à cheval, qui du plus loin qu'il aperçut une chaise de poste, enfonça

son chapeau sur ses yeux, et mit son
cheval au grand galop. Quoiqu'il n'eût
fait que l'entrevoir, il crut reconnaître
en lui l'air et la tournure de Géraldi, et
peu s'en fallut qu'il ne retournât chez
lui sur-le-champ pour veiller lui-même
à la sûreté de tout ce qu'il avait de plus
cher au monde. Mais se défiant des illu-
sions que crée souvent une imagination
prévenue, et convaincu de la nécessité
du voyage qu'il avait entrepris, il se décida à continuer sa route.

Il n'arriva au lieu de sa destination
que le lendemain à midi. Mais qui pourrait peindre sa désolation quand s'étant
rendu chez le magistrat dont il avait reçu
une lettre, il apprit de lui que cette lettre était fausse, la signature contrefaite,
et que tout ce qu'elle contenait, n'était
qu'une fable. L'affreuse vérité se présenta tout d'un coup à ses yeux. Il vit
que Géraldi avait imaginé cette ruse
pour l'éloigner de sa maison, et trouver
plus de facilité pendant son absence
pour l'exécution du crime qu'il méditait

depuis si long-temps ; Waldemar ne
douta plus que ce ne fût véritablement
lui qu'il avait rencontré la veille. Il re-
partit sans perdre un seul instant ; mais
tandis qu'il retourne chez lui, navré de
désespoir, aidé de toute la vitesse de
quatre excellens chevaux, que se pas-
sait-il dans sa maison ?

Le plus jeune des enfans d'Ethelinde,
alors âgé d'environ cinq ans, ayant eu
depuis quelques jours de légers accès de
fièvre, elle le faisait coucher dans la
chambre, ne s'en rapportant qu'à elle
seule, des soins qui lui étaient nécessaires
L'accès avait été cette nuit un peu plus
violent ; et à minuit elle hésitait encore
si elle n'enverrait pas chercher un médecin. L'enfant se plaignant sans cesse
de la chaleur de la chambre, elle entrouvrit une fenêtre. Le renouvellement
d'air parut le soulager, et peu d'instans
après, il s'endormit d'un sommeil paisible.

Elle veilla encore quelque temps près
de son fils; enfin ne voyant aucun sujet

4*

d'inquiétude, elle laissa brûler une bougie sur une table, afin d'avoir de la lumière, si l'enfant venait à se réveiller, se jeta sur son lit pour prendre un peu de repos, et ne tarda pas à perdre le souvenir de ses soucis et de ses dangers dont l'absence de son mari lui avait rappelé l'idée. Ils ne devaient se représenter à elle que trop tôt !

Ses inquiétudes pour son fils ne lui permettaient pas de dormir d'un someil profond. Un léger bruit qu'elle entendit dans sa chambre la réveilla en sursaut. Elle ouvrit les yeux, et vit Géraldi debout devant son lit, fixant sur elle ses yeux terribles, et la main droite passée sous son habit, comme pour y prendre un poignard.

« Te voilà éveillée enfin! » dit il à voix basse comme s'il eût craint d'être entendu. « Silence! ou je poignarde ton fils, et je ne veux pas sa mort. La tienne me suffit ; mais je voulais te faire connaître la main qui va te frapper.

Pendant qu'il parlait ainsi, Ethelinde,

craignant pour la vie de son fils plus que
pour la sienne, et le connaissant capable d'exécuter sa menace, se contentait
de lever les bras au ciel, et de le regarder avec une expression capable de
toucher le cœur le plus féroce.

Mais rien ne pouvait émouvoir le fa-
rouche Géraldi; il avait levé le poignard
sur elle, et s'apprêtait à la frapper,
quand l'enfant qui venait de s'éveiller,
voyant un étranger dans la chambre, et
ayant la tête pleine de l'idée de Géraldi
dont il avait souvent entendu parler,
poussa des cris perçans, et s'écria :
« Méchant Géraldi! ne tue pas maman! »

Géraldi hors de lui, et craignant que
les cris de l'enfant n'attirassent du
monde, laissa la mère pour courir au
fils, et le saisissant du bras gauche il
allait immoler à sa rage cette innocente
victime quand Ethelinde trouvant de
nouvelles forces dans l'amour maternel, s'élança hors du lit et lui arrêta le
bras. Elle n'avait pu lui résister qu'un
instant : mais cet instant suffit. Maurice,

avait conçu de vagues inquiétudes, et
quoique souffrant, il avait résolu de
veiller cette nuit; vers onze heures, les
chiens avaient aboyé. A minuit il avait entendu un bruit comme si une masse pe-
sante fût tombée dans les fossés pleins
d'eau qui entouraient le château. Au
premier cri de l'enfant il avait prêté une
oreille attentive, et le nom de Géraldi
l'ayant effrayé, il pensa que soit que ce
scélérat eût réellement trouvé le moyen
de s'introduire dans la chambre, soit
que l'enfant fût dans le délire de la
fièvre, sa présence ne pourrait qu'être
utile à Ethelinde. Il ouvrit donc la porte
sans bruit, et vit sa maîtresse luttant
encore contre un homme qui tournait
le dos à la porte et qui tenait un poignard
à la main. Il se précipita sur lui, et arracha son arme à l'assassin.

On a déjà pu remarquer que la soif de
la vengeance ne faisait jamais oublier à
Géraldi le soin de sa sûreté. Il ne se vit
pas plutôt désarmé qu'il s'élança avec
agilité par la fenêtre vis-à-vis de laquelle

il se trouvait, sauta sur son cheval qu'il
avait laissé à deux pas, lui fit passer le
fossé à la nage, comme il l'avait fait
pour venir, et il était en sûreté sur
l'autre rive, avant qu'on pût seulement
songer à le poursuivre.

Ethelinde n'avait pas vu fuir Géraldi,
ne savait pas encore qu'elle n'en avait
plus rien à craindre; elle n'était occupée
que du danger de son fils qu'elle voyait
saisi de violentes convulsions.

Le premier soin de Maurice fut de
bien fermer la fenêtre, de peur que Géraldi ne revînt après s'être pourvu de
nouvelles armes; il partagea ensuite les
soins que la mère désolée donnait à son
fils. Les convulsions cessèrent, l'enfant
se calma peu à peu; il ouvrit les yeux
regarda autour de lui d'un air égaré:
« Où est le méchant homme? dit-il:
« ne tuera-t-il ni Ernest ni maman? »
On le rassura en lui disant qu'il était
parti et qu'il ne reviendrait plus; quelques instants après il s'endormit sur les
genoux de sa mère. Elle le remit alors

doucement dans son lit , et Maurice lui
ayant promis de continuer à veiller le
reste de la nuit dans la chambre voisine,
comptant sur sa protection , et encore
plus sur celle de la providence dont elle
venait encore une fois d'obtenir le secours, elle se recoucha , et parvint à
goûter quelque repos.

Cependant, Waldemar qui avait voyagé toute la nuit , revenait chez lui rongé
d'inquiétudes et de craintes. Le postillon
arrêta près du pont-levis , sonna deux
fois inutilement ; ce ne fut qu'à la troi-
sième qu'un jeune garçon jardinier arriva pour le baisser. Cette circonstance
porta au plus haut degré la terreur de
Waldemar. On dirait, pensa-t-il , « que
cette maison est maintenant inhabitée;
que c'est le séjour de la mort et de la
désolation! n'en doutons plus! le crime
est accompli ! »

Il n'eut pas la force de questionner ce
jardinier et il s'avança vers sa maison
avec un désespoir qu'il prenait pour de
la fermeté. En entrant dans le vestibule,

il y vit arriver par une autre porte Ethelinde et trois de ses enfans qui accou-
raient à sa rencontre. Ce bonheur ines-
péré, lui fut presque aussi difficile à
supporter que l'aurait été la certitude
du malheur. La tête lui tourna, il chan-
cela, ses jambes lui refusèrent le service,
il se laissa tomber sur une chaise, et se
trouva en même temps serré dans les
bras de son épouse et accablé des ca-
resses de ses enfans.

« Dieu soit loué ! s'écria-t-il alors,
c'était une fausse alarme. Je retrouve
encore tous mes trésors. Mais convenez,
Ethelinde, qu'il régnait dans cette maison à mon arrivée un air de solitude
d'autant plus inquiétant que j'avais des
raisons pour craindre que Géraldi......»

« Qui vous a dit cela, papa ? » criè-
rent les trois enfans à la fois. « Oh ! oui,
il est venu, et le pauvre Ernest.... »

« Que dites vous d'Ernest ? » S'écria-
t-il vivement. « Où est-il ? pourquoi ne
le vois-je point avec vous ? »

Ethelinde lui raconta alors tout ce qui

s'était passé pendant la nuit , et lui expliqua pourquoi il ne s'était trouvé personne pour le recevoir à son arrivée.

Dès la pointe du jour, Maurice avait
fait monter à cheval tous les domestiques , pour battre les environs , afin de
découvrir Géraldi, et ils n'étaient pas encore de retour. Ethelinde en s'éveillant,
ayant réfléchi sur les événemens de la
veille : bientôt convaincue que la lettre
écrite à Waldemar n'était qu'un piége
pour l'éloigner de chez lui, et persuadée
qu'il devait être plongé dans les plus
vives inquiétudes , avait fait partir le
jardinier pour aller à sa rencontre , et
le rassurer en lui portant la nouvelle de
ce qui s'était passé. Mais les postillons
avaient pris un chemin de traverse pour
arriver plus vîte , ce qui avait empêché
ce messager de rencontrer la voiture.
Elle avait exigé que le vieux Maurice se
couchât pour qu'il se reposât des fati-
gues de la nuit. Enfin elle était occupée
elle-même avec la fille qui prenait soin
des enfans, à mettre Ernest dans un

bain ; à l'instant de l'arrivée de son mari.

Oubliant les périls passés, ces deux tendres époux ne songèrent plus qu'à jouir du plaisir de se trouver réunis, et à rendre graces au ciel de la protection signalée qu'il venait encore de leur accorder. Peu s'en fallait qu'Ethelinde pleine de confiance dans le ciel, ne crût sa vie à l'épreuve des coups de Géraldi, et elle gronda presque Waldemar d'un nouveau projet qu'il venait de former pour sa sûreté ; en voyant que le fossé qui entourait le chateau n'était pas une défense suffisante pour empêcher d'y pénétrer, il pensait à le border à l'intérieur d'une grille de fer très-élevée, terminée par des espèces de chevaux de frise. Cette précaution était sans doute inutile, si l'on avait soin de tenir les fenêtres et les contrevents exactement fermés ; mais on pouvait l'oublier, et sans faire attention à ce qu'il en coûterait, Waldemar donna sur-le-champ ordre de mettre la main à l'œuvre.

Il était de retour depuis deux mois ;
la nouvelle défense d'une grille avait été
ajoutée au château ; Géraldi n'avait plus
reparu, et les deux époux commençaient
à jouir de nouveau de quelque tranqui-
lité, quand ils apprirent une nouvelle
qui paraissait devoir leur en assurer la
durée pour toujours.

Un ami de Waldemar, dont il connaissait parfaitement l'écriture et la signature, lui manda que Géraldi venait
d'être arrêté avec plusieurs autres brigands par suite d'un vol accompagné de
meurtre ; qu'il était alors dans les prisons
d'Altenbourg, qu'il serait incessamment
mis en jugement, et que d'après les circonstances de cette affaire, il était impossible qu'il ne fût pas condamné à mort.

Cette lettre combla de joie Waldemar
en lui donnant l'espérance et presque
la certitude de voir désormais Ethelinde
à l'abri de la vengeance atroce de cet
ennemi acharné. Il lui resta pourtant
encore quelques doutes. Son ami ne
connaissait pas personnellement Gé-

raldi. Un autre scélérat pouvait porter
le même nom, et pour sortir de toute
incertitude, il résolut d'envoyer à Altenbourg le vieux Maurice qui était alors
assez bien portant pour faire ce voyage.

Il partit, et rapporta l'heureuse nouvelle qu'il avait; vu Géraldi en prison et
chargé de fers, et qu'il en avait reçu des
imprécations et des malédictions qui,
ajouta-t-il, devaient attirer sur ses cheveux blancs toutes les bénédictions du
ciel.

La mort probable d'un homme ne pouvait être un sujet de joie pour le cœur sensible d'Ethelinde; mais Geraldi avait mérité son sort, et elle ne pouvait voir sans
reconnaissance que la providence en le
châtiant de ses crimes, allait lui accorder à elle-même la fin des maux qu'elle
avait supportés avec courage et résignation. Elle n'était pourtant pas encore
tout-à-fait sans inquiétude. Il paraissait
maintenant que Géraldi faisait partie
d'une troupe de brigands : n'était-il
donc pas possible que ses complices

parvinsent à lui rendre la liberté? Ne pouvait-il lui-même trouver quelque moyen pour s'échapper de prison?

Maurice proposa un moyen pour bannir ces nouvelles alarmes ; ce fut d'aller de temps en temps à Altenbourg s'assurer que Géraldi était toujours dans sa prison. Il avait déjà fait trois fois ce voyage qu'il entreprenait toujours avec plaisir pour calmer les craintes de sa maîtresse, quand arriva le douzième anniversaire du mariage d'Ethelinde. Waldemar avait toujours célébré ce jour ; mais depuis deux ans, les inquiétudes perpétuelles dans lesquelles il était plongé ne lui avaient pas permis de goûter ce plaisir. Maintenant que l'emprisonnement de Géraldi lui donnait plus de sécurité, il résolut de donner une fête champêtre dans son château, et pour qu'elle ne fût troublée par aucune crainte, quelques jours auparavant il envoya encore Maurice à Altenbourg.

Celui-ci, à son retour, annonça qu'il avait vu Géraldi toujours en prison, et

gardé plus étroitement que jamais,
depuis la découverte d'une tentative
qu'il avait faite pour s'évader ; son procès devait commencer dans peu de
jours.

Cette nouvelle porta la paix et la tran-
quilité dans la famille, et l'on ne songea
plus qu'aux préparatifs pour la fête projetée.

Depuis l'emprisonnement de Géraldi,
Ethelinde avait donné plus de liberté à
ses enfans ; elle leur permettait de se
promener hors du parc avec Maurice
ou avec la fille qui en prenait soin, et
pour former leurs jeunes cœurs à l'exercice de la plus belle des vertus, elle les
chargeait de distribuer les secours de
toute nature qu'elle accordait aux pauvres des environs, et qu'elle aurait eu
tant de plaisir à leur porter elle-même,
si ses propres craintes et celles de
Waldemar lui eussent permis de sortir
de l'enceinte de son château. Mais depuis le dernier voyage que Maurice
avait fait à Altenbourg, ne croyant plus

avoir à craindre un homme resserré de si près, elle les suivait souvent dans ces courses charitables, et donnait par sa bienveillance un nouveau prix aux bienfaits qu'elle répandait.

La veille du jour fixé pour la fête, la bonne se promenant hors du parc avec les enfans, dans la soirée, rencontra une jeune fille couverte de haillons qui lui demanda la charité pour une pauvre femme malade demeurant, lui dit elle, dans une chaumière qu'elle lui montra à deux pas.

« La bonne lui donna une pièce de monnaie, mais Adèle, l'aînée des enfans de Waldemar qui avait alors près de dix ans, dit à sa bonne : « Allons voir cette pauvre femme, ma bonne, nous verrons ce dont elle a besoin, et maman le lui enverra. »

La bonne y consentit, et entra avec eux et la jeune mendiante dans la chaumière qu'on leur avait indiquée.

Elle trouva une femme couchée sur un mauvais grabat dans une chambre où

tout annonçait la plus grande pauvreté.
La malade souleva un instant la tête,
pour voir qui entrait, et la laissa retom-
ber sans avoir la force de se soutenir.

« Quelle est votre maladie, bonne
femme ? lui demanda Adèle, mais elle
ne reçut aucune réponse.

« Elle est si sourde, dit la jeune
mendiante, qu'elle n'entend rien à
moins qu'on ne lui parle à l'oreille, et
très-haut. »

La bonne s'approcha du lit, et lui fit
la même question.

« Je suis bien mal ! » répondit la malade, d'une voix faible et languissante.

« Je crois, dit la jeune fille, que sa
maladie vient de défaut de nourriture.
Elle est arrivée ici hier soir ; elle m'a
dit qu'elle n'avait rien pris depuis deux
jours, et malheureusement je n'ai pu
lui donner qu'un peu de pain et de
l'eau. »

« Pauvre femme ! s'écria Adèle. Par-
tons bien vite, ma bonne, afin de lui
envoyer des secours.

A ces mots, la bonne et les enfans sortirent de la chaumière, et se rendirent sur le champ au château. Ils racontèrent à leur mère l'état déplorable dans lequel ils avaient trouvé la vieille femme, et Ethelinde lui envoya aussitôt du vin et des alimens, en lui faisant dire qu'elle irait la voir le lendemain matin, afin de pouvoir juger par ses propres yeux de ce qui pouvait lui être nécessaire.

Mais le lendemain était le jour de la fête, et Ethelinde fut si occupée toute la matinée des apprêts qu'elle avait à faire pour recevoir les hôtes qu'elle attendait, que, pour la première fois de sa vie, elle oublia un acte de charité.

Le soleil brillait pur et sans nuage, tel qu'aurait été l'union des deux époux si leur bonheur n'avait été troublé par les forfaits d'un monstre, d'un malin esprit revêtu de la forme humaine. Indépendamment de la compagnie qui avait été invitée, le parc avait été ouvert à tous les paysans pour qui on avait dressé des tables dans le jardin. Revêtus de leurs plus

beaux atours, les hommes portant autour de leurs chapeaux des rubans de
diverses couleurs, les femmes avec des
bouquets à leurs collerettes, formaient
des contredanses dans des salles de ver-
dure, préparées exprès, au son des instrumens de toute espèce qu'on entendait
dans toutes les parties du jardin. Une
innocente gaieté régnait dans tous les
groupes, et Waldemar et sa femme
jouissaient avec délice du plaisir qu'ils
procuraient aux autres.

« Cette vue me rappelle nos jours de
bonheur, dit Waldemar, quand un Géraldi n'était pas encore venu empoison-
ner toutes nos jouissances.

« Puissent-ils continuer à durer ! dit
Ethelinde en soupirant. Mais voyant
quelques amis qui arrivaient de Prague,
elle alla les recevoir ; ce fut une diver-
sion à ces tristes pensées, et de nouveaux
hôtes arrivant successivement elle ne put
s'occuper que du soin de faire les hon-
neurs de la fête.

On donna le signal d'une walse, et

Ethelinde souriant elle-même d'une
conduite si peu conforme aux usages
du monde, prit la main de son mari, en
disant qu'elle ne dansait plus qu'avec
son mari et ses enfans. Chacun imita
son exemple, et sous la voûte des cieux
ou plutôt sous l'abri du feuillage épais
de grands arbres autour desquels
étaient suspendues des guirlandes de ro-
ses et d'autres fleurs, toute la noblesse
des environs convint que les plaisirs
champêtres valent bien ceux qu'on
trouve dans les salons richement déco-
rés des villes. Les jouissances du pauvre
n'étaient pas moins pures, peut-être
même était-elle plus vives, parce qu'elles
étaient plus rares, et Waldemar ne voulant pas qu'un jour passé dans les plaisirs fût pour quelques-uns d'entr'eux une
source de regrets pour le lendemain,
avait fait remettre à chaque famille qui
vivait du travail de ses mains, une
somme plus qu'équivalente à ce qu'elle
aurait pu gagner pendant la journée.

Mais pourquoiEthelinde vient-elle de

tressaillir? pourquoi un nuage a-t-il tout
à-coup obscurci son front ?

Elle apperçut par hasard derrière les
barreaux de la grille dont on avait entouré le parc , une jeune fille couverte
de haillons qui regardait, sans doute
d'un œil d'envie , toutes les belles choses qu'elle voyait, qu'elle n'avait jamais
vues , et Adèle qui se trouvait près d'elle
en ce moment lui dit que c'était elle qui
demeurait avec la vieille femme malade.
Elle se reprocha d'avoir oublié sa promesse de l'aller voir dans la matinée, et
se le reprocha d'autant plus vivement
qu'on lui avait dit qu'elle était plus mal,
et qu'elle la laissait peut être manquer
du nécessaire , tandis qu'elle songeait à
de frivoles plaisirs.

Cette idée ne se fut pas plutôt présen-
tée à son esprit qu'elle fut pour elle un
poids insupportable dont elle résolut de
se délivrer à l'instant. La chaumière
était presque à la porte du château ; elle
pouvait y aller et en être revenue en un
quart-d'heure. Se dérobant à la compa-

grie sans être apperçue, elle jeta un
voile sur sa tête, prit un schall, et se
faisant suivre par la bonne de ses enfans,
elle prit le chemin de la chaumière.

A peine sortie du château, elle ré-
fléchit que l'argent qu'elle se proposait
de donner à la pauvre malade n'était
peut-être pas ce qui lui était le plus utile
pour l'instant, et elle renvoya la fille
qui l'accompagnait chercher une bou-
teille de vin vieux et quelques provi-
sions.

Elle entra seule dans la chaumière:
son regard était celui d'un ange qui vient
accomplir par l'ordre du ciel une œuvre
de charité sur la terre. Elle vit l'objet
que venait chercher sa bienfaisance, cou-
ché sur un mauvais lit, le visage tourné
du côté de la porte, mais presque totalement caché par sa couverture. La malade ne fit pas un mouvement, ne prononça pas une parole en la voyant entrer,
et Ethelinde qui avait été prévenue
qu'elle était sourde, venait seulement de s'asseoir sur un escabeau près

du chevet de son lit, quand elle entendit la voix de ses enfans qui ayant rencontré leur bonne avaient voulu l'accompagner chez la pauvre femme, pour laquelle ils avaient conçu la plus grande compassion.

Ethelinde se leva aussitôt et s'avança vers la porte qu'ils ouvraient en ce moment, pour leur recommander de ne pas faire de bruit. Mais tandis qu'elle faisait ce mouvement, elle vit la prétendue malade se soulever brusquement sur le coude, et jeter un regard de rage du côté de la porte sur ceux qui arrivaient si mal à propos pour ses desseins. Elle aperçut sous la coiffure d'une femme, ces yeux toujours brillans du feu de la haine et de la soif de la vengeance, et reconnut à l'instant qu'elle avait été attirée dans un piège. Elle n'avait pas le temps de délibérer. Elle conserva pourtant assez de sang-froid pour continuer à s'avancer vers la porte, comme pour parler à ses enfans, et dès qu'elle y fut arrivée, elle leur dit de la suivre, et

courut à toutes jambes vers le château.
La bonne et les enfans surpris et ne sa-
chant que penser de cette conduite,
mais pensant bien qu'elle avait quelque
cause extraordinaire, coururent aussitôt
après elles, mais sans pouvoir la rejoindre.

Elle arriva au château toute hors d'ha-
leine, chercha partout son mari, et
quand elle le trouva, n'eut que la force
de prononcer le mot *Geraldi!* et tomba
sans connaissance entre ses bras.

Elle ne tarda pas à reprendre ses sens,
et conta à son mari et aux amis qui s'em-
pressaient autour d'elle, ce qui venait
de lui arriver, et les assura que la prétendue vieille femme malade à qui elle
était allée porter des secours, était bien
certainement Géraldi.

Waldemar, suivi de quelques amis,
courut à la chaumière avec la rapidité
de l'éclair; mais il n'y trouva plus ni la
vieille femme ni la jeune mendiante; il
ne restait d'autres traces d'elles que les
haillons dont celle-ci était couverte, et

un mauvais bonnet de femme jeté sur
le plancher.

Il demanda à quelques paysans qui
l'avaient aussi accompagné, à qui appartenait cette chaumière, et il apprit qu'elle
était inhabitée depuis plusieurs mois ;
qu'elle appartenait à une pauvre femme
qui y demeurait avec sa fille encore fort
jeune, et que la mère étant morte, la
fille était allée demeurer avec une de
ses tantes dans le même village. Il soup-
çonna que cette fille pouvait être celle
qui avait trompé Ethelinde ; il la fit venir, l'emmena avec lui au château, et
se convainquit que ce n'était pas elle.

« Pour cette fois, dit Ethelinde,
mon ennemi s'est montré compatissant. Le moment où je m'occupais d'un
acte de charité était le plus favorable
pour paraître devant le trône du juge
suprême. »

Tous les amis de Waldemar, et
même les paysans voulaient parcourir
sur-le-champ tous les environs, les uns
à cheval, les autres à pied, pour cher-

cher Géraldi qui ne pouvait être bien loin.

« Ce serait un soin superflu, dit tristement Waldemar. C'est un ennemi qui devient invisible, à l'instant où il est découvert. Nous l'avons déjà poursuivi bien des fois, et nous n'avons jamais eu même la plus légère lueur d'espoir de le découvrir. Que la fête continue, nous avons un nouveau motif pour nous réjouir. Voici la quatrième fois que ma chère Ethelinde échappe à la mort que lui prépare ce scélérat. Je crois réellement que la providence lui refuse les moyens d'accomplir son détestable projet, et ne lui laisse aucun pouvoir sur les jours d'une épouse, d'une mère, si précieuse à sa famille. Mes amis, ajouta-t-il d'un ton plus grave, ce serait être coupables envers la providence, que de ne pas lui rendre graces de ce nouveau bienfait. Nous allons d'abord nous acquitter de ce devoir, et je vous invite à vous joindre à nous. »

En parlant ainsi, il donna le bras à

Ethelinde, et se rendit à la chapelle, pré-
cédé du chapelain du château, accompagné de ses enfans, de tous ses amis,
et suivi de tous les paysans, dont un
grand nombre ne put entrer dans la chapelle qui se trouva trop petite pour les
contenir ; tous n'eurent qu'une voix
pour rendre au ciel de ferventes actions
de graces, de leur avoir conservé une
bonne mère, une tendre épouse, une
excellente amie, une maîtresse bienfai-
sante.

« Je crois, dit Ethelinde à son mari
en sortant de la chapelle, je crois que
ce moment a été le plus touchant, le
plus attendrissant de ma vie. »

Les instrumens donnèrent une seconde fois le signal de la danse ; un re-
pas somptueux lui succéda ; les jardins
furent illuminés dans la soirée, et la fête
se termina par un feu d'artifice. Waldemar et Ethelinde ne furent pas fâchés
quand ils virent partir leurs derniers
hôtes. La nécessité de paraître partager
des plaisirs dont ils ne pouvaient plus

5*

jouir leur était devenue pénible , et ils
se retirèrent dans leur appartement ,
moins pour goûter le repos que pour
se livrer à leurs tristes réflexions, et s'é-
puiser en conjectures sur les moyens
que Géraldi avait employés pour s'échapper de prison.

Une première tentative qu'il avait
faite pour s'évader, n'avait pas réussi ;
mais il avait été plus heureux dans la
seconde, ou plutôt le hasard l'avait bien
servi. Le porte-clefs de la prison étant
venu à mourir , sa place fut donnée à
un homme qui avait autrefois fait partie
de la bande de brigands dont quelques-
uns y étaient détenus. Il reconnut ses
anciens camarades , et il ne fut pas difficile à ceux-ci de le déterminer à les remettre en liberté , et à reprendre avec
eux son ancien métier. Une fois hors de
prison , Géraldi s'était occupé sur-le-
champ de ses projets de vengeance, et la
chaumière qu'il avait trouvée inhabitée
lui avait donné l'idée du stratagème
qu'il avait employé.

Quand il vit Ethelinde s'enfuir précipitamment ; il jugea bien qu'elle l'avait reconnu, et sautant par une fenêtre qui donnait derrière la chaumière, ainsi que la prétendue mendiante qui était un jeune homme de quatorze ans déjà enrôlé parmi les bandits, il gagna précipitamment un bouquet de bois voisin où on l'attendait avec de bons chevaux, et partant à toute bride, il fut bientôt sans inquiétudes sur les poursuites qu'on pourrait faire contre lui.

Le soleil se leva le lendemain avec le même éclat que la veille, mais ses rayons ne répandaient plus la joie et la gaieté sur Waldemar et Ethelinde. Ils étaient de nouveau en proie aux soucis et à la terreur. Leur ennemi mortel était déchaîné, et qui pouvait prévoir quelles nouvelles ruses il emploierait pour parvenir à exécuter le crime qu'il méditait. Il fallait de nouveau qu'Ethelinde se renfermât dans l'enceinte du château, qu'elle renonçât à ses excursions de bienfaisance ; qu'elle ne quittât pas un instant la compagnie de son mari ou de ses amis: il fallait aussi faire continuer des recherches contre Géraldi dans toute l'Allemagne et surtout dans la Bohême, et ces recherches coûteuses avaient déjà endommagé considérablement leur fortune.

Ethelinde à la vérité, engageait Waldemar à ne pas faire de nouvelles dépenses pour obtenir l'arrestation de ce misérable, et lui représentait qu'ayant déjà été arrêté pour un assassinat, les magistrats prendraient sûrement eux-mêmes toutes les mesures nécessaires pour le découvrir, si la chose était possible; mais Waldemar ne pouvait écouter ce raisonnement. Il voyait la vie de son épouse intéressée à la prompte découverte de ce scélérat, et il était déterminé à sacrifier toute sa fortune, s'il le fallait, à cet objet important.

Enseveli dans de sombres réflexions, en se promenant dans le parc qui la veille était le théâtre du plaisir et de la gaieté, et jetant des regards mélancoli-

ques sur tout ce qui l'environnait, nous
étions si heureux ici hier! s'écria-t-il,
et maintenant.... En parlant ainsi ses
yeux se portèrent sur les guirlandes de
fleurs qui s'étaient fanées sous les arbres
où elles avaient été suspendues, et il
sentit que ses espérances étaient flétries
comme elles. Il se reprochait pourtant
chaque murmure qui lui échappait,
comme une ingratitude envers la Providence qui avait tant de fois sauvé presque miraculeusement la vie d'Ethelinde,
et se disait qu'il devait compter avec
confiance sur sa protection.

« Mais, pensa-t-il, tout en mettant
notre principal espoir dans le secours du
ciel, les moyens qu'indique la prudence
humaine ne sont pas à négliger : et il ne
lui fallut pas long-temps pour convaincre Ethelinde que le meilleur parti qu'ils
pussent prendre était de fixer à l'avenir
leur résidence à Prague : d'abord parce
que dans une ville, leur ennemi trouverait moins de facilités pour les attaquer, et ensuite parce qu'ils pourraient

y vivre avec plus d'économie, et que l'économie allait leur devenir plus nécessaire pour faire face aux frais des recherches contre Géraldi. Ils chargèrent donc un ami de leur chercher une maison dans cette ville, et firent dans l'intérieur de leur maison toutes les réformes encore praticables, ne conservant que les domestiques qui leur étaient strictement nécessaires.

La maison que Waldemar et Ethelinde devaient aller habiter à Prague, était retenue depuis plusieurs jours, le regret de quitter une charmante demeure qu'ils avaient embellie à grand frais, et à laquelle ils étaient attachés, les y retenait encore comme malgré eux; cependant leur départ était définitivement fixé au lendemain, et ils se promenaient le soir dans le parc pour lui faire leurs derniers adieux, accompagné du major Manstein, frère d'Ethelinde, qui était venu passer quelques jours avec eux.

Le fossé qui entourait le parc, était bordé d'un côté par une haie qui le sépa-

rait de la grande route. Le major s'était
arrêté à quelques pas pour examiner un
point de vue, quand un coup de feu
se fit entendre, et une balle, sifflant aux
oreilles d'Ethelinde, perça son chapeau,
et tomba à quelques pas.

La même idée se présenta à l'instant à
l'esprit de tous trois. C'était Géraldi
qui avait tiré ce coup de derrière la haie,
et voyant qu'il n'avait pas porté, il en
allait sans doute tirer un second. Le major
se précipita vers la porte du parc pour
courir après l'assassin, quoique sans
espoir d'arriver à temps, et Waldemar
couvrant de son corps Ethelinde immo-
bile de terreur, s'écria : tire maintenant,
barbare, tire si tu le veux ! C'était bien
le dessein de Géraldi ; mais il vit sur la
route quelques cavaliers qui appro-
chaient de son côté, et le soin de sa
sûreté le déterminant à la fuite, il n'eut
que le temps de monter sur son cheval
arabe, et de le mettre au grand galop. En
conséquence tout ce que Manstein vit en
arrivant de l'autre côté de la haie, fut

un homme à cheval à une très grande
distance, courant à toute bride à travers
champs.

Mais quel surcroît de nouvelles inquiétudes cet événement ne fit-il pas
naître dans cette malheureuse famille?
Tant que Géraldi n'avait eu recours qu'au
poignard pour menacer la vie d'Ethelinde, il ne pouvait l'attaquer que lorsqu'elle était seule, lorsqu'il pouvait l'approcher. Mais en employant une arme
à feu, il pouvait s'en servir de loin, et
quand elle se trouvait accompagnée.
Tout espoir de sécurité semblait donc
évanoui pour jamais, à moins qu'Ethelinde ne se condamnât à une éternelle
réclusion, et ne renonçât aux bienfaits
de l'air et de l'exercice si nécessaires
pour la santé. Cette idée, toute pénible qu'elle était, produisit pourtant l'heureux effet de lui faire quitter avec moins
de regret l'habitation chérie qu'il fallait,
plus nécessairement que jamais, abandonner au plutôt, quoique ce ne fût
pas sans peine qu'elle réfléchît qu'à

moins que Géraldi ne fût arrêté, condamné et exécuté, il lui serait désormais défendu par la prudence de quitter l'enceinte de la ville, ni peut-être celle de la maison, et que le voyage qu'elle avait à faire pour s'y rendre, ne serait vraisemblablement pas exempt de danger pour elle et son mari.

Ils partirent le lendemain matin. Manstein et Maurice, à cheval, et bien armés, étaient aux deux côtés de la voiture dans laquelle étaient M. et Madame Waldemar. Les enfans suivaient dans une autre avec leur bonne, leur mère tremblant pour eux plus que pour elle-même, n'ayant voulu en prendre aucun avec elle, de crainte d'accident. Waldemar ayant enveloppé Ethelinde d'un grand manteau, et lui appuyant la tête sur sa poitrine, la soutenait dans ses bras, et lui disait : « Maintenant, Ethelinde, maintenant ma bien-aimée, une balle ne peut t'atteindre qu'à travers mon corps. »

«Parlez-vous ainsi pour me rassurer?»

lui demanda Ethelinde d'un ton de reproche: et elle ne jouit pas d'un instant de tranquillité avant d'être entrée
à Prague et arrivée dans sa maison.

Plusieurs mois se passèrent sans qu'E-
thelinde sortît de chez elle, et sans qu'on
entendît parler de Géraldi. Mais les
moyens qu'employa Waldemar pour
parvenir à faire arrêter ce misérable,
en payant des agens dans toutes les villes
et presque dans tous les villages de la
Bohême et d'une grande partie de l'Allemagne, l'obligèrent à vendre la plus
grande partie de ses biens, et le réduisirent à un état qu'on aurait pu appeler
pauvreté en le comparant à son ancienne opulence. Ethelinde le voyant
devenir plus triste et plus mélancolique
que jamais, employait le secours d'un
enjouement factice pour l'empêcher de
s'abandonner au découragement; mais
les efforts qu'elle faisait sur elle-même
étaient trop visibles pour tromper Waldemar. Jamais elle ne perdait de vue
qu'elle était le but marqué pour les

moins que Géraldi ne fût arrêté, condamné et exécuté, il lui serait désormais défendu par la prudence de quitter l'enceinte de la ville, ni peut-être
celle de la maison, et que le voyage qu'elle
avait à faire pour s'y rendre, ne serait
vraisemblablement pas exempt de danger pour elle et son mari.

Ils partirent le lendemain matin.
Manstein et Maurice, à cheval, et bien
armés, étaient aux deux côtés de la voiture dans laquelle étaient M. et Madame Waldemar. Les enfans suivaient
dans une autre avec leur bonne, leur
mère tremblant pour eux plus que pour
elle-même, n'ayant voulu en prendre
aucun avec elle, de crainte d'accident.
Waldemar ayant enveloppé Ethelinde
d'un grand manteau, et lui appuyant la
tête sur sa poitrine, la soutenait dans
ses bras, et lui disait : « Maintenant,
Ethelinde, maintenant ma bien-aimée,
une balle ne peut t'atteindre qu'à travers mon corps. »

« Parlez-vous ainsi pour me rassurer? »

le dire, n'avait pas à craindre pour les jours de ceux qui lui étaient chers: il n'en était pas de même de Waldemar, et plus il aimait Ethelinde, plus ses inquiétudes étaient vives, plus les tourmens qu'il souffrait étaient déchirans.

Il aurait pu se résoudre à souffrir avec elle les rigueurs de la pauvreté ; mais si elle périssait enfin par la main d'un assassin; si, à force d'efforts inutiles pour la sauver, il réduisait ses enfans à la misère, quel serait son destin ? quel serait son désespoir ? il tâchait pourtant de se soumettre à son sort avec résignation, et son sort changea tout-à-coup au moment où il l'espérait le moins.

Un parent éloigné, dont il n'attendait rien, mourut en lui laissant tous ses biens qui consistaient principalement en plusieurs domaines considérables situés dans les environs de Bruxelles, et en une belle et grande maison dans cette ville. Sans la crainte que lui inspirait Géraldi, il aurait été s'y fixer, où du moins y aurait fait un voyage pour prendre possession de la succession ; mais il ne pouvait penser ni à quitter Ethelinde, ni à l'exposer aux embûches que son ennemi pouvait lui tendre sur la route. Il fut donc obligé de se borner à y envoyer un agent pour remplir en son nom toutes les formalités de la prise de possession.

Ethelinde désormais à l'abri de la crainte de voir ses enfans tomber dans la pauvreté, depuis qu'elle avait obtenu de son mari qu'il cesserait ses poursuites ruineuses contre Géraldi, recouvra une partie de sa gaieté et de sa tranquillité. Mais il n'en était pas ainsi de Waldemar. Il sentait que cette augmentation de richesses ne lui procurerait pas le bonheur, si sa chère Ethelinde lui était enlevée, qu'il n'existait pas de plaisir pour lui sans elle, et tant que la vie de son épouse était menacée, il demeurait insensible aux faveurs de la fortune.

En ce moment, les journaux annoncèrent que Géraldi Duval, et un de ses complices, ayant passé en Angleterre

pour se soustraire aux recherches dirigées contre eux en Allemagne, venaient
d'être arrêtés à Londres pour crime d'assassinat ; on les avait pris sur le fait,
renvoyés devant un jury, et leur procès devait être instruit aux assises sui-
vantes.

Je n'essayerai pas de décrire la joie
de Waldemar à cette nouvelle, quoi
qu'elle ne fût pas sans mélange, car il
était trop humain pour qu'il ne lui fût
point pénible d'être forcé de se réjouir
de la mort d'un de ses semblables ;
Ethelinde malgré tous les dangers que
Géraldi lui avait fait courir ne put l'empêcher de déplorer le sort de cet
homme coupable, mais à plaindre, en
se rappelant qu'elle s'était trouvée bien
involontairement la cause occasionnelle
de ses crimes.

« Mais cette nouvelle est-elle bien
sûre ? dit-elle à son mari en soupirant.

« C'est ce que nous saurons bientôt,
lui répondit-il, écrivant aussitôt à M.

Meynell qu'il savait être alors à Londres et avec lequel il avait toujours été
en correspondance depuis son départ
d'Allemagne, il le pria de prendre les
renseignemens les plus certains pour
s'assurer de la vérité de cette nouvelle,
et de lui faire savoir, le plutôt possible
le résultat de ses informations.

Enfin après un intervalle qui leur parut bien long, il reçut de M. Meynell
une lettre qui contenait ce qui suit.

A M. WALDEMAR, A PRAGUE.

«J'ai le plaisir, mon cher ami, de vous
annoncer que la nouvelle est véritable.
Dès que je reçus votre lettre, je quittai
ma campagne où j'étais alors, et je me
hâtai de me rendre à Londres. J'allai de
suite à Newgate, et ayant fait part au
concierge du motif de ma visite, j'appris
de lui que Géraldi Duval, et Joseph Celarno étaient détenus dans cette prison
comme prévenus d'assassinat. Je lui
demandai à voir le premier, et il me

conduisit dans la chambre où ils étaient détenus tous deux, les fers au mains et aux pieds. Je n'avais guères besoin de demander lequel des deux était Géraldi, car quoique je ne l'eusse vu qu'un instant et de bien loin lorsqu'il luttait avec le pauvre Carlo, il était impossible de me méprendre à l'éclat extraordinaire de ses yeux qui semblaient réellement lancer des éclairs.

« Vous nommez-vous Géraldi Duval? lui demandai-je pourtant.

« Que vous importe?.. me répondit-il en Français. »

« Je suis un ami de madame Waldemar, lui répliquai-je en le regardant fixement.

« Eh bien, me dit-il, en me lançant un regard dont l'expression me fit frémir, » dites-lui que je vis encore et que je serai son ennemi jusqu'à la mort.

« Le lendemain, ils furent mis en jugement, et j'appris dans la soirée que Géraldi Duval avait été condamné à mort, et Joseph Celarno acquité. L'exécution du jugement doit avoir lieu demain. Quelque révoltant que soit un pareil spectacle, je prendrai sur moi d'y assister afin qu'il ne puisse vous rester aucun doute.

. . . .

. . . .

« Me voici de retour. Le cœur malade ; mais n'importe. Vous pourrez maintenant être aussi heureux que vous le méritez.

« J'ai cru que je ne pourrais jamais arriver au lieu de l'exécution , tant la foule était grande. Je suis pourtant parvenu à me placer en vue de l'échafaud quoique bien loin, et j'ai vu mourir Géraldi , je l'ai vu MORT ! je voudrais pouvoir vous dire qu'il est mort repentant, mais je n'en crois rien, car il repoussait le ministre qui l'exhortait, et se détournait de lui.

« Enfin vous n'avez plus d'ennemi , et vous pouvez vivre en paix. Adieu, j'espère vous aller voir quand vous irez à Bruxelles, et je suis votre affectionné

« G. MEYNELL. »

IV.   6

« Il est donc mort ! Nous allons donc être heureux ! » s'écria Waldemar. Mais Ethelinde accablée par son émotion ne put prononcer une seule parole, et son agitation ne se calma que lorsque s'étant prosternée aux pieds des autels de son créateur, elle eut imploré sa miséricorde pour celui qui avait été son ennemi mortel. Pieuse comme elle l'était, son premier soin fut de faire faire des prières solennelles pour le repos de l'âme de Géraldi.

« Maintenant, dit Waldemar, rien ne nous empêche d'aller à Bruxelles. » Ethelinde y consentit, en donnant un soupir à la mémoire de Mina et de sa mère. Il lui en coûtait de revoir et d'habiter le lieu où ses malheurs avaient commencé ; mais elle sentait qu'il était de son devoir de vaincre cette répugnance. Ils firent donc sur-le-champ les préparatifs de leur départ, et après un heureux voyage, ils arrivèrent à Bruxelles et furent bientôt établis dans leur nouveau domicile.

Ils avaient laissé en Bohême des amis
dont ils regrettaient l'absence ; mais
Ethelinde retrouvait à Bruxelles son
frère, sa famille, plusieurs compagnes
de son enfance, et si elle avait pu effa-
cer de sa mémoire un seul événement,
cette ville et ses environs ne lui auraient
offert que des souvenirs agréables. Cependant malgré les retours pénibles
que son imagination faisait souvent sur
le passé, le séjour de Bruxelles ne put
que lui plaire, et ce fut un plaisir bien
doux pour elle, de voir que la mémoire
de ses parens y était toujours chérie et
respectée par tous ceux qui les avaient
connus.

Le premier soin de Waldemar et d'E-
thelinde, lorsqu'ils entrèrent en possession de leurs domaines, fut de prendre des renseignemens certains sur les
pauvres qui pouvaient s'y trouver, de
pourvoir à leurs besoins urgens, et de
s'assurer par des précautions convena-
bles, qu'ils seraient désormais à l'abri de
l'indigence. Leurs soins furent couron-

nés de succès ; faire ainsi de leurs richesses une source de bonheur pour les
autres , c'était prouver de la manière la
moins équivoque leur reconnaissance
pour tous les bienfaits qu'ils avaient
eux-mêmes reçus de la providence.

D'après le désir exprès d'Ethélinde ,
Waldemar sollicita et obtint la permission de faire transférer à Bruxelles le
corps de madame Sternheim, et il le fit
déposer à côté de celui de sa fille chérie
dans l'église cathédrale de cette ville où
on érigea en même temps par ses ordres un monument en marbre qui rappelait leurs vertus et leurs malheurs.

La personne qui fut chargée d'aller
chercher les restes de madame de Sternheim , raconta à son retour cette anéc-
dote singulière. Quelques jours après le
départ de M. et madame Waldemar de
la petite ville où elle avait été enterrée, on
trouva sa tombe couverte de fleurs , et
l'on avait enfoncé en terre un pieu sur
lequel était attachée cette inscription :
« Tribut de regrets malheureusement

trop tardifs ! » Quelques personnes se
rappelèrent avoir vu dans la matinée,
presque à la pointe du jour, un homme
de grande taille, paraissant avoir trente
à trente-cinq ans, sortir du cimetière,
le visage appuyé sur ses mains, monter
sur un cheval arabe, et partir au grand
galop.

.. « Je ne puis en douter, s'écria Ethelinde, c'était Géraldi ! » Et elle ne
put s'empêcher de trouver un secret
plaisir au récit d'une preuve de sensibilité donnée par son barbare ennemi,
par cet ennemi maintenant sans pouvoir, subissant peut-être le châtiment
que la justice divine réservait à ses crimes, si le repentir ne les avait effa-
cés.

« Est-il possible, » dit Waldemar,
que cet homme dont la haine implacable menaça tant de fois votre vie, ait
donné quelques regrets à deux personnes dont il n'a occasionné la mort qu'involontairement ? »

« Elles ne l'avaient pas offensé comme

moi, répliqua Ethelinde, et j'avoue
que la pensée qu'il était capable de
faire cette distinction, est un baume
pour mes plaies. De malheureuses circonstances égarèrent Géraldi, et donnèrent à ses passions ardentes une direction fatale. Son premier crime une
fois commis, pensez à quel désespoir a
dû s'abandonner un jeune homme am-
bitieux qui voyait à quatorze ans toutes
ses espérances s'évanouir, et pour qui
le cours d'une longue vie n'était plus
qu'une triste carrière sans but et sans
espérances. Puisse son ame reposer en
paix! »

Elle ne s'en tint pas à ces vœux, et
elle fit encore faire pour lui des prières
publiques, à Bruxelles, à Prague et à Ratisbonne.

« Aimable enthousiaste! pensa Meynell qui était venu les voir à Bruxelles,
si ces prières sont inutiles à Géraldi,
elles ne le seront pas pour toi, aux pieds
du trône de la justice divine. » Mais il
renferma ce sentiment en lui-même,

respectant la piété d'Ethelinde, et ne
voulant pas blesser sa sensibilité par une
opinion qu'elle n'aurait pas approuvée.

M. et madame Waldemar établis à
Bruxelles depuis plusieurs mois, jouissaient d'un bonheur sans mélange et
qu'aucune crainte, qu'aucune inquiétude ne pouvaient plus troubler. Ils rece-
vaient et rendaient les visites de l'amitié,
et voyaient avec joie s'approcher le temps
où ils allaient jouir d'un nouveau plaisir, celui d'introduire leurs enfans dans
le monde. Cependant les événemens qui
avaient marqué la vie d'Ethelinde lui
avaient laissé une répugnance décidée
pour les bals et pour toutes les réunions
publiques ; les deux époux étaient si
universellement connus, que partout
où elle paraissait, elle devenait l'objet
de la curiosité générale, sentiment qu'il
lui était pénible d'exciter ; car elle ne
s'en rappelait que trop tôt la triste ori-
gine.

Mais Waldemar craignait en elle un
goût trop exclusif pour la retraite ; quand

ses filles seraient en âge de paraître dans le monde sous les auspices de leur mère. Il appréhendait qu'un devoir que le cœur d'une tendre mère trouve si doux à remplir, ne lui parût trop pénible, et il résolut de lutter contre son penchant pour une solitude absolue.

Lorsque le monument consacré à la mémoire de madame Sternheim et de Mina fut terminé, quand le temps adoucissant des souvenirs trop amers eut calmé les agitations d'Ethelinde, Waldemar lui dit qu'il avait une demande à lui faire.

« Elle est accordée d'avance, dit Ethelinde en souriant.

« Peut être, répliqua Waldemar en souriant : Je n'ose encore me flatter du succès. »

« Et que pourrais-je vous refuser ? » dit Ethelinde avec vivacité.

« Nous allons voir, » reprit-il. Il lui dit alors qu'un de ses anciens amis, le comte de Friberg, mais avec lequel il avait eu autrefois un différend dans lequel ils

avaient peut être eu tort tous deux , et
qu'il avait cessé de voir depuis ce temps,
venait d'arriver à Bruxelles dans le dessein de s'y fixer ; qu'il l'avait rencontré
en maison tierce ; que la bonne intelligence était rétablie entre eux ; et que le
comte devant donner un bal dans quelques jours , pour célébrer la majorité
deson fils aîné , l'avait invité à y assis_
ter avec sa famille. « Je sais , ajouta_
t-il , que ces sortes de fêtes ne sont
guères de votre goût ; mais dans cette
circonstance particulière , vous m'obli-
geriez beaucoup en acceptant cette invitation , et en y conduisant vos enfans. »

— « Quoi ! les enfans aussi ? ils sont
donc invités ? »

— « Oui, il y aura un bal d'enfans
dans un salon séparé , et un souper
particulier sera préparé pour eux. Quant
à nous, nous irons en habit de caractère
ou en domino. »

— « Un bal masqué ! oh ! impossible !
je ne puis me résoudre à y aller. »

6?

— « Mais je n'irai pas sans vous ; et
songez que si je n'y vais point, le comte
doutera de ma sincérité dans notre ré-
conciliation. J'aurais eu bien du plaisir
à donner une preuve publique du renouvellement de notre amitié ; car ce
fut à Bruxelles, peu de temps avant
mon départ pour Ratisbonne, que notre malheureux différend eut lieu, et il
fut généralement connu. Ce serait d'ailleurs un grand plaisir pour nos enfans ;
plusieurs de leurs jeunes amis doivent
s'y trouver, et madame de Friberg doit
venir aujourd'hui vous inviter elle-
même. »

Ethelinde se rendit enfin, quoique
avec une répugnance marquée, et lui
dit : J'irai puisque vous le desirez ; mais
uniquement par devoir, et pour vous
complaire.

La soirée où le bal devait avoir lieu
arriva enfin, et Ethelinde vêtue en
simple bergère monta avec les deux aînés
de ses enfans dans la voiture qui devait
les conduire chez le comte de Friberg,

accompagnée de son mari en domino
bleu, et masqué.

« Où demeure le comte de Friberg? »
demanda Ethelinde.

— « Nous n'allons pas chez lui. Le bal
se donne dans une des salles publiques
de Bruxelles. »

« Dans laquelle? » s'écria Ethelinde
en pâlissant, car elle se souvenait que
c'était à un bal donné dans une des salles
publiques de cette ville, qu'était arrivée
la fatale catastrophe dont son amie Mina
avait été victime.

« Elle est située dans la rue de....., »
répondit Waldemar, « et l'on y entre
par un superbe portique. »

Ethelinde se calma. Le nom de la rue
n'était pas celui qu'elle craignait d'entendre, et elle était certaine qu'il n'existait
pas de portique à l'entrée de la salle dont
elle conservait un douloureux souvenir.

En arrivant à ce portique remarquable
par la beauté de son architecture et mag-
nifiquement illuminé, en entrant dans
un grand vestibule qui conduisait à une

suite d'appartemens splendidement dé-
corés, elle ne vit rien qui lui rappelât le
théâtre où s'était passée la scène tragique
toujours présente à son esprit; elle éprouvait pourtant un serrement de cœur
involontaire en jetant les yeux sur sa
fille aînée âgée alors de près de quatorze
ans. Encore deux ans, pensait-elle, et
elle sera arrivée à l'âge que j'avais lorsque
mes infortunes commencèrent. Puisse la
Providence écarter d'elle tout accident
qui pourrait lui faire éprouver une partie
des malheurs dont sa mère a été victime.

Madame de Friberg, dont elle avait
fait la connaissance quelques jours auparavant, avait gagné son affection, par
ses qualités aimables; elle vint recevoir
Ethelinde, qui s'efforça d'écarter les
idées dont elle était poursuivie et de
montrer une gaieté qu'elle était loin
d'éprouver.

Waldemar heureusement délivré de
toutes ses craintes, cessa cette soirée,
pour la première fois de sa vie, de se
tenir constamment à côté d'Ethelinde.

Il se livra aux plaisirs qu'offre le bal
masqué; Ethelinde ne fut nullement
fàchée de voir que son mari goûtait un
instant de dissipation; mais son absence
ne fit qu'augmenter l'abattement d'esprit dont elle était accablée, et après
être restée deux ou trois heures au bal,
après avoir satisfait sa tendresse mater-
nelle en voyant ses enfans danser quelques contredanses, elle aurait voulu se
retirer chez elle, confier ses enfans aux
soins de madame de Friberg, et laisser
avec eux leur père pour les ramener. Mais
elle savait que son départ contrarierait
Waldemar, et elle ne voulut pas lui faire
connaître ses désirs.

Fatiguée de la chaleur qui régnait dans
la salle de danse, elle passa dans un salon
voisin où l'on avait placé quelques tables
de jeu, et s'assit près d'une porte entr'ouverte où elle trouva la fraîcheur
qu'elle cherchait. Elle resta quelques
temps comme absorbée dans une rêverie
mélancolique, ses yeux errans autour
d'elle sans donner aucune attention aux

objets extérieurs. Ils se portèrent enfin
par hasard du côté de la porte dont elle
était voisine ; mais comment peindre ce
qu'elle éprouva quand elle s'aperçut
qu'elle donnait sur un long et étroit
corridor faiblement éclairé, qu'elle ne
reconnut que trop bien pour celui où
Géraldi tant d'années auparavant avait
donné le coup de la mort à l'infortunée
Mina. Tout son corps frémit, elle voulut
se lever pour fuir ce lieu funeste ; mais
ses jambes refusèrent de la soutenir, et
elle fut forcée de rester dans un endroit
qui lui rappelait de si cruels souvenirs ; il
lui était impossible de détourner les yeux
d'un endroit dont la vue lui déchirait le
cœur. Enfin elle ne put douter qu'elle
ne fût dans la même salle où la haine que
Géraldi lui avait vouée avait pris naissance, quoiqu'elle eût été trompée par une
nouvelle entrée percée dans une rue voisine et par le changement de distribu-
tion qui avait eu lieu dans l'intérieur.

Le hasard conduisit Waldemar dans
ce salon. Il vit Ethelinde, la figure pâle,

les yeux égarés, poussant des soupirs
convulsifs, et il courut à elle.

Mina ! s'écria-t-elle, en lui montrant
des doigts le passage, Mina !

— « C'est là ! ne voyez-vous pas encore
son sang sur ces murs ? Ah ! de grâce,
tirez-moi d'ici, sauvez-moi, je ne puis
résister à ce que j'éprouve. Waldemar
d'abord ne comprenait pas trop le sens
de ces exclamations; mais elle parvint
à les lui expliquer en phrases entre-cou-
pées, et son état l'inquiétant, il résolut
de la reconduire sur-le-champ chez
elle. Il la conjura de se calmer, lui dit
qu'il allait faire appeler leur voiture, et
qu'après l'avoir remise chez elle, il vien-
drait rechercher ses enfans.

Il la quitta en cet instant, et sortit par le
corridor si terrible à l'imagination d'E-
thelinde, et qu'il croyait plus voisin
que le nouveau portique, de l'endroit où
devait être sa voiture. Ethelinde le suivant des yeux jusqu'à ce que son domino bleu disparût dans l'obscurité, se
disait à elle-même; « A coup sûr il n'a

pas dessein de me faire passer dans ce corridor effrayant! j'y recevrais le coup de la mort! »

Quand le souvenir du passé causait à Ethelinde de si vives agitations, qu'eût elle éprouvé si elle eût su que Géraldi qu'on croyait mort à Londres vivait en- core, était à Bruxelles, et se trouvait avec elle dans la même salle de bal!

Elle avait prouvé qu'elle connaissait bien le cœur humain, en regardant comme peu probable que quinze ans d'emprisonnement pussent éteindre la haine qu'il avait conçue contre elle. Cette longue détention n'avait fait au contraire que nourrir et qu'irriter encore cette animosité. Dans la solitude de son ca- chot, il ne vivait que pour la vengeance, ne rêvait qu'aux moyens de l'assurer, et c'était le désir d'exécuter plutôt ses projets sanguinaires, qui lui avait donné la force de se conduire pendant quinze ans de détention de manière à obtenir la remise des cinq autres.

Dès l'âge de quatorze ans, il était fier

de ses avantages personnels, et ce n'é-
tait pas sans raison. Il était grand et
bien fait, ses traits étaient réguliers ; son
âme avait déjà assez d'énergie pour concevoir et suivre des plans d'ambition,
des projets de fortune. L'obscurité de sa
naissance lui paraissait le seul obstacle à
son élévation, et il se flattait de la faire
oublier en s'alliant à une noble famille.

Il n'avait pas été insensible aux charmes d'Ethelinde Manstein ; mais c'était
encore moins l'amour que l'ambition
qui l'entraînait vers elle. Il vit qu'il ne
lui plaisait point, et il attribua le dédain
d'Ethelinde à l'orgueil, au mépris que
lui inspirait l'obscurité de sa naissance.

Il en fut d'autant plus outré qu'il
craignit de s'être livré à un espoir trom-
peur, en aspirant à s'allier dans un rang
trop supérieur au sien.

Ethelinde devint à ses yeux respon-
sable des mécomptes de son ambition.
Piqué du refus qu'elle avait fait de danser avec lui, il n'avait pourtant pas
encore conçu le projet d'une atroce

vengeance; mais quand après ce refus, il la vit danser avec un autre, et lui faire ainsi un affront qu'elle n'aurait osé se permettre envers un égal, lorsqu'il la vit choisir pour danseur un homme de la plus haute naissance, comme pour lui faire sentir qu'elle l'avait refusé par mépris pour la sienne, sa rage ne connut plus de bornes, et il se résolut à commettre son premier crime. Il se trompa de victime; mais cette erreur ne fit qu'envenimer sa haine contre Ethelinde. Ce fut elle qu'il accusa du meurtre de Mina, de la perte de la raison de madame Sternheim; car bien loin d'avoir à se plaindre d'elles, il en avait toujours été accueilli avec bonté, et sa mère qu'il avait tendrement chérie avait reçu plus d'un service de celle de Mina. Le temps n'aurait pourtant peut-être pas augmenté son ressentiment contre Ethelinde, s'il n'avait trouvé dans sa prison un homme tout disposé à l'irriter encore, à l'entretenir dans ses affreux projets de vengeance, et cet homme n'était autre que le fils indigne et dénaturé de madame Sternheim.

Après avoir dissipé la fortune de sa mère dans la débauche et dans des extravagances de tout genre, ce misérable avait été arrêté pour dettes, et le hasard avait voulu qu'il fût jeté dans la même prison que l'assassin de sa sœur. Mais chose étrange! au lieu de fuir sa présence, il la rechercha, et lui donna même une sorte de consolation, en lui disant qu'il lui pardonnait ce meurtre involontaire, auquel il avait été entraîné par un juste désir de vengeance, mais qu'il ne pardonnerait jamais à Ethelinde d'avoir été la cause de la mort de Mina.

Géraldi n'avait pu d'abord s'empêcher de concevoir du mépris pour un homme capable d'accueillir le meurtrier de sa sœur, le destructeur du bonheur et de la raison de sa mère; il finit cependant par goûter ses horribles conseils : était-il étonnant en effet que dans sa fureur il trouvât quelque justice à charger de l'horreur du crime, celle qui à ses yeux en avait été la cause première? cette idée donna une nouvelle force à sa haine contre Ethelinde.

Géraldi ne soupçonnait pas les vils motifs qui dirigeaient Sternheim. C'était un malheureux en qui l'égoïsme et la débauche avaient détruit tout sentiment d'honneur. Comme Mina aurait dû partager avec lui la fortune de ses parens, sa mort lui avait paru un accident heureux pour lui. Le malheur de sa mère ne lui avait pas inspiré plus de regret; il en avait profité pour jouir d'avance de tous ses biens; il voyait donc dans Géraldi un homme auquel il devait d'avoir passé quelques années agréables, et il le lui aurait dit à lui-même, si malgré les passions terribles qui dévoraient son compagnon d'infortune, il n'avait remarqué en lui des sentimens qu'il ne s'attendait guères à trouver dans un assassin.

Sternheim avait d'ailleurs conçu une haine implacable contre le baron Manstein, précisément parce qu'il en avait

reçu des bienfaits. Manstein, à qui il
devait payer une pension pour sa mère,
non seulement ne l'avait jamais réclamée,
mais lui avait même prêté une somme
assez considérable; et à la nouvelle du
désordre des affaires de Sternheim, son
obligation lui était revenue acquittée.
Après la mort du baron, il eut l'audace
de solliciter d'Ethelinde un nouveau
prêt, faisant valoir, pour l'obtenir, la
prétendue exactitude avec laquelle il
avait remboursé le premier. Mais elle
était instruite de la générosité de son
père; cette bassesse ajouta au mépris
qu'elle avait déjà pour Sternheim et elle
le refusa. Aussi, animé contre elle d'un
ressentiment implacable, ne cessait-il
d'encourager Géraldi à ce qu'il appelait un acte expiatoire.

Il avait encore sur lui d'autres desseins
dans lesquels il réussit; car ce jeune
homme se croyant expulsé pour jamais
de la société, se laissa déterminer par ce
faux ami, à joindre avec lui, à la fin du
terme de son emprisonnement, une

bande de brigands dont la principale
retraite était une caverne située dans la
forêt Hercinienne, non loin de l'endroit
où Waldemar s'était retiré en quittant
Ratisbonne. Ils étaient tous parfaitement bien montés, et Géraldi, quand il
croyait avoir trouvé l'occasion d'exécuter le crime qu'il méditait, avait toujours
soin de choisir le meilleur cheval de l'é-
curie, ce qui explique la facilité qu'il
trouvait à échapper aux poursuites dirigées contre lui. Il fut pourtant pris avec
Joseph Celarno, son cousin, et quelques
autres, dans une rencontre où Sternheim fut tué, et on les conduisit dans
la prison d'Altembourg. S'en étant éva-
dés de la manière que j'ai déjà rapportée
et le repaire des bandits étant découvert,
Géraldi informé que son signalement
était répandu partout, vit qu'il ne pourrait éviter d'être arrêté s'il restait en Allemagne; après avoir fait une dernière tentative pour tuer Ethelinde d'un coup de pis-
tolet, il était passé en Angleterre avec Cé-
larno, ne renonçant point à sa vengeance,

mais l'ajournant à un autre temps.

Ils vivaient, en ce pays, de brigandages
comme ils l'avaient fait en Allemagne,
et Joseph Celarno ayant été arrêté pour
un meurtre dans lequel Géraldi se
trouvait compromis, ils furent tous
deux conduits à Newgate. Géraldi savait
qu'il n'existait aucune preuve contre lui;
Celarno au contraire ne pouvait se flatter
d'échapper à la vengeance des lois. Tous
deux étaient entièrement inconnus à
Londres, et il convinrent de changer de
nom lors de l'instruction du procès.
Géraldi y trouvait l'avantage, que sa
mort devenant publique, il pourrait retourner en Allemagne avec moins de
danger, et que la famille de Waldemar
croyant n'avoir plus à redouter sa vengeance, il en trouverait plus de facilité
pour le crime auquel il n'avait pas renoncé. Ce fut ainsi que M. Meynell fut
trompé; c'était bien à Géraldi qu'il avait
parlé dans la prison, et quand il assista à
l'exécution, il était trop loin de l'échafaud
pour distinguer ses traits; il ne pouvait

d'ailleurs soupçonner l'idée que le criminel qu'il voyait périr sous le nom de Géraldi fût un autre que lui.

Dès qu'il fut mis en liberté, il s'embarqua à Harwick et se rendit à Ostende. En lisant un journal dans cette ville, il y vit que M. Waldemar venait de faire une succession considérable à Bruxelles, et qu'il devait s'y établir incessamment avec toute sa famille.

Il se rendit sur-le-champ en cette ville, déterminé à y attendre sa victime. Il savait que les journaux avaient rendu un compte détaillé de son jugement à Londres et de son exécution, il ne craignait donc pas d'être reconnu, il avait d'ailleurs pris la précaution de porter une perruque rousse, et de teindre ses sourcils de même couleur.

Waldemar et sa famille étaient établis depuis plusieurs mois à Bruxelles, et quoiqu'ils ne prissent plus de précautions extraordinaires depuis qu'ils se croyaient assurés de la mort de Géraldi, celui-ci n'avait pas encore trouvé d'occasion pour accomplir ses projets. Il entendit parler d'un grand bal que devait donner le comte de Friberg dans le lieu même où vingt ans auparavant il avait commis son premier crime ; il entendit nommer la famille Waldemar parmi les personnes qui devaient y assister, et la confusion d'un bal masqué lui parut l'occasion la plus favorable pour le sacrifice qu'il méditait. « Quel triomphe, pensait-il, si je pouvais lui arracher le jour dans le lieu même où elle m'a fait l'affront qui a décidé du destin de ma vie, qui a souillé mes mains d'un meurtre involontaire ! ma vengeance serait complète ; Mina et sa mère seraient aussi vengées ! »

Croira-t-on que pendant qu'il méditait et combinait l'exécution de ce plan infernal, le jour anniversaire de la mort de sa mère, il se rendit dans l'église de la cathédrale, où elle avait été enterrée, il acheta des fleurs dont il orna son tombeau, et il l'arrosa de ses larmes? Ainsi ce furieux au moment où il projettait un meurtre abominable, se livrait au sentiment de la piété filiale que tous ses crimes n'avaient pu déraciner de son cœur.

En entrant dans l'église, il fut arrêté par la vue d'un nouveau monument, et il tressaillit en voyant par l'inscription qu'il était érigé à la mémoire de ses deux victimes, madame Sternheim et sa fille. « Vous serez vengées ! » dit-il, et sa main prête à trancher les jours de celle qui pendant tant d'années avait consolé la mère infortunée de Mina, déposa sur le marbre qui les couvrait quelques-unes des fleurs qu'il avait apportées pour en orner la tombe de Thérésa Duval.

Étrange, mais ordinaire inconséquence du cœur humain. Shakespeare représente lady Macbeth arrêtée dans son projet d'assassinat par un motif de piété filiale. « S'il n'eût ressemblé à mon père en dormant, dit-elle, il était mort ! » N'est-il donc pas permis de croire qu'au moment où un homme est sur le point de commettre

le plus grand crime, il est encore susceptible d'un retour à la vertu ; si on la fait
briller à propos à ses yeux ? est-il in-
vraisemblable que, dans le moment où
le cœur de Géraldi s'ouvrait aux douces
impressions de l'amour filial, la voix
de la persuasion se fût fait entendre à
lui ? que si quelqu'un connaissant ses in-
tentions sanguinaires, eût pu en ce moment lui en dévoiler la noirceur, il eut
pu faire entrer dans son ame un remords
salutaire ? que s'il eût fait briller à ses
yeux une nouvelle espérance en lui disant : « Vous êtes supposé mort, vous
pouvez dans un autre pays, et sous un
autre nom ; commencer une nouvelle
vie, et racheter l'honneur que vous avez
perdu ; » il eut pu le décider à quitter
la carrière du crime, à respecter les
jours d'Ethelinde ?

Mais aucune voix ne sortit du sein
des tombeaux pour rappeler le coupable au repentir. Après une demi-heure
de méditation, il se releva, quitta le
tombeau sur lequel il s'était prosterné

donna un nouveau soupir à ses deux
victimes, en passant près du monument
qui leur était consacré, et alla se mettre
en embuscade près de l'endroit où il
voulait en immoler une autre; car le hasard avait voulu que le jour de la mort
de sa mère fût celui auquel avait été fixé
le bal du comte de Friberg.

Dès que les voitures commencèrent à
arriver au portique dont j'ai déjà parlé,
Géraldi confondu dans la foule, attendit avec impatience la famille Waldemar.

Elle arriva enfin. Waldemar descendit le premier et Géraldi observa avec
grand soin la forme de son chapeau et
la couleur de son domino. Son masque
qu'il tenait en main était un masque
noir ordinaire; les deux enfans suivirent leur père, et Ethelinde parut la
dernière. Certain qu'elle serait au bal,
il allait se retirer quand il vit Waldemar
en attachant son masque avant d'entrer, laisser tomber un papier. Il le ra-
massa sans affectation et disparut.

En l'examinant ensuite, il trouva
qu'il pouvait être de la plus grande utilité pour ses projets ; c'était un billet
d'entrée pour le bal, et le nom de celui
à qui il était destiné n'y était pas rem-
pli. « Tout me favorise ! » pensa-t-il :
et il se rendit sur-le-champ dans une
boutique où il savait qu'on louait des habits de masque. On lui fit voir un domino et un chapeau exactement semblables à ceux qu'il avait vus à Waldemar ;
il feignit d'y remarquer des défauts ; le
marchand l'assura qu'il n'en pouvait
trouver de mieux conditionnés , ajoutant pour preuve que M. Waldemar en
avait choisi de pareils. Géraldi prit alors
un masque noir , et retourna vers le
théâtre où il devait consommer son
crime.

Il remarqua qu'on recevait les billets
d'entrée non-seulement au portique ,
mais à la porte du corridor qu'il ne
connaissait que trop bien. Cette dernière entrée , lui parut préférable ,
comme étant plus sombre , et il s'intro-

duisit dans la salle du bal, non sans quelque crainte d'être reconnu pour un in-
trus. Il fut bientôt rassuré, plusieurs
personnes le rencontrant lui dirent : « je
vous connais, Waldemar — Waldemar
vous pouvez quitter le masque. » Rien ne
lui était donc plus facile que de passer
pour Waldemar, en gardant le silence
et en évitant de se trouver avec celui-ci
dans la même salle. Géraldi ne perdait
pourtant pas Ethelinde de vue; l'ayant
vue passer dans le salon donnant sur le
corridor, il l'y suivit, et fut témoin de
l'effet que l'aspect de ce lieu produisait
sur elle. Remarquant que Waldemar allait la joindre et la quittait au bout de
quelques instans, il le suivit de loin, et
l'entendit appeler ses domestiques pour
leur donner l'ordre de faire approcher
la voiture du portique, afin d'éviter la
sortie par le corridor. On fit observer à
Waldemar que la multitude d'équipa-
ges empêcherait d'arriver jusqu'au portique. « Eh bien, répondit-il, appro-
chez en le plus possible, et nous vien-

drons vous rejoindre à pied, je vais aller
avec vous, pour être sûr de l'endroit où
nous vous trouverons. »

Waldemar prenait toutes ces précautions pour ménager la sensibilité d'E-
thelinde, et ne se doutait guères que
ces précautions mêmes devaient lui devenir funestes.

Voici le moment! pensa l'assassin, et
rentrant dans le salon où il avait laissé
Ethelinde, il mit la main droite sur son
poignard et ne songea plus qu'à exécuter son crime.

Géraldi n'éprouva aucune difficulté.
Ethelinde qui attendait Waldemar avec
impatience, ne vit pas plutôt rentrer
son ennemi, qu'elle se leva, alla à sa
rencontre, et passa son bras sous le
sien. Voyant qu'il la conduisait vers le
passage dont la vue lui faisait horreur :
« Non ! non ! s'écria-t-elle, point par
ici ! ce serait me donner le coup de la
mort ! »

Géraldi serrant son bras fortement
continuait à l'entraîner, sans lui répon-

dre, au grand étonnement d'Ethelinde,
aux moindres désirs de laquelle son
mari s'était toujours rendu. Elle était,
malgré sa résistance, à peu près au milieu du corridor, quand elle entendit
son conducteur lui dire d'une voix
qu'elle ne reconnut que trop : « Tiens !
le voilà le coup de la mort, et c'est Géraldi qui te le donne ! » Au même instant elle se sentit percer d'un coup de
poignard, et tomba en poussant un
grand cri.

Le cri poussé par Ethelinde avait été
entendu jusques dans la salle de bal. Il
retentit comme un coup de foudre aux
oreilles de Waldemar qui la traversait
en ce moment. Courant aussitôt dans le
salon où il avait laissé son épouse, ne
l'y voyant plus, et entendant plusieurs
voix dans le corridor, il s'y précipita, et
la trouva baignée dans son sang et privée de tout sentiment.

Le meurtrier après avoir frappé sa
victime n'avait plus songé qu'à s'échapper ; et il espérait sortir sans obstacle.

par la porte qui conduisait du corridor
dans la rue. Mais le cri perçant d'Ethelinde avait alarmé une foule de laquais
qui y attendaient leurs maîtres, ils obs-
truaient le passage, et quand Géraldi
qui avait eu la présence d'esprit de jeter
son poignard se présenta pour passer
au milieu d'eux, l'un d'eux remarquant
du sang sur ses habits, le saisit par le
bras; Géraldi voulut en vain résister, il
fut accablé par le nombre, on le livra
entre les mains d'un officier de police,
et on le conduisit dans la même prison
où il avait déjà passé quinze ans, pour
un crime semblable commis dans le
même lieu.

Waldemar cependant ne savait encore
ni quel était l'assassin, ni ce qu'il était
devenu. Il ne voyait rien que la femme
qu'il idolâtrait, qu'il serrait en vain dans
ses bras, et qu'il conjurait inutilement
de lui adresser ne fût-ce qu'une seule
parole.

Le comte et la comtesse de Friberg

7*

furent instruits de ce malheur presque
au même instant. On envoya chercher
médecins et chirurgiens et en attendant
leur arrivée, on déposa Ethelinde sur
le même lit et dans la même chambre
où vingt ans auparavant le corps san-
glant de Mina avait été placé.

Elle fut une heure entière sans donner le moindre signe de vie ; enfin un
chirurgien qui lui tenait le bras, annonça
que le pouls commençait à battre, et
ajouta que cet état de mort apparente
n'était l'effet ni de la perte de son sang,
ni du danger résultant de la blessure,
mais qu'il était occasionné par un évanouissement profond, résultat de la terreur.

Dès que Waldemar entendit ces mots,
il quitta le chevet du lit d'Ethelinde,
près duquel il s'était mis à genoux, se
leva brusquement, et saisissant la main
du chirurgien qui lui donnait cet heureux présage : « Sauvez-la, s'écria-t-il,
sauvez-la, et demandez-moi ma vie et

ma fortune ! » et le délire de la joie sembla succéder à la frénésie du désespoir.

Le pouls d'Ethelinde reprit insensiblement plus de force, et le sang coula avec plus d'abondance de sa blessure. On prit les moyens nécessaires pour l'arrêter, on lui mit le premier appareil, et l'on jugea alors convenable de la transporter dans un autre lieu; car on prévit qu'en reprenant ses sens, elle ne se rappellerait que trop que c'était sur ce même lit qu'elle avait elle-même versé des larmes amères sur le corps de sa malheureuse amie.

On fit donc venir une litière, et on la conduisit dans la maison du comte de Friberg qui n'était qu'à deux pas. Peu de temps après y avoir été transportée, elle ouvrit les yeux et promena autour d'elle des regards égarés, mais sans reconnaître personne, sans s'apercevoir qu'elle n'était pas chez elle, et son pouls agité, ses joues enflammées, son œil étincelant attestaient les ravages d'une fièvre terrible, que les gens de l'art dé-

clarèrent plus dangereuse que sa blessure.

. Son délire devint effrayant ; les images
les plus affreuses étaient sans cesse pré-
sentes à son esprit ; elle ne voyait que
Géraldi et le conjurait constamment de
prendre sa vie, et d'épargner celle de
son mari et de ses enfans. Tandis que
Waldemar passait les jours et les nuits
au chevet de son lit, elle l'appelait à
grands cris, se plaignait de son absence,
lui reprochant de l'abandonner à la rage
de Géraldi; elle conjurait Waldemar
lui-même d'aller chercher son mari et
de le lui amener; enfin elle perçait involontairement son cœur à chaque instant,
de coups aussi cruels que ceux de l'implacable meurtrier.

Ce délire diminua avec la fièvre ; elle
reconnut alors son mari dévoré par le
chagrin et l'inquiétude, accablé par tant
de veilles. Mais au moment où l'on ces-
sait de craindre pour la vie de l'infortunée, on avait à trembler pour sa raison. La crainte de Géraldi était la seule

idée qui occupât son esprit et quoiqu'on l'assurât qu'il fût en prison, elle refusait de le croire.

« Vous ai-je jamais trompée, ma chère amie? » lui demanda Waldemar.

— « Non. Mais vous avez été trompé, et vous pouvez l'être encore. »

— « Eh bien, si je vais moi-même à la prison, si j'y vois Géraldi de mes propres yeux, me croirez-vous? »

— « Oui, je vous croirai : mais vous ne l'y trouverez pas. »

Waldemar se rendit à la prison, et quelque pénible que fût pour lui l'aspect de l'assassin de son épouse, il demanda à le voir.

Géraldi le reconnut aussitôt et se levant avec fureur en secouant les chaînes dont il était chargé : « Waldemar, s'écria-t-il, vient-il pour triompher lâchement d'un ennemi enchaîné? »

— « Non. Je ne viens pas vous insulter. Je viens par complaisance pour les désirs de mon épouse. »

— « De votre épouse? n'est-elle donc pas morte? »

— « Non. Elle est même hors de tout danger. »

Je n'essayerai pas de décrire la rage de Géraldi quand il entendit ces mots. Il vomit des imprécations contre elle et contre lui-même, et y mêla des regrets sur la mort de Mina et de sa mère, qu'il se reprochait d'avoir tué quoiqu'innocentes.

Waldemar ne put s'empêcher de lui dire qu'Ethelinde était aussi innocente que madame Sternheim et sa fille.

« Innocente ! s'écria Géraldi : innocente ! Quand elle m'a méprisé ! quand son orgueil lui a fait refuser ma main pour danser, et qu'elle a ensuite accepté celle d'un homme qui n'avait au-dessus de moi que sa naissance ! jamais les pauvres Sternheim n'avaient méprisé Géraldi ! et cependant ils n'existent plus, tandis que l'orgueilleuse vit pour triompher de son ennemi ! »

— « Non. Elle vit pour vous plaindre. Elle n'a pas de ressentiment contre vous, et avant de vous quitter je regarde comme un devoir de vous assurer de son pardon. »

— « De son pardon ? de son pardon ! et qu'a-t-elle à me pardonner. N'a-t-elle pas été heureuse dans ses amis, dans son époux, dans ses enfans ? N'a-t-elle pas été chérie, honorée, respectée ? Et moi, qu'ai-je été ? que suis-je ? que serai-je ? le tout, grâce à son détestable orgueil qui a flétri ma vie dans sa fleur. Je l'aimais, tout enfant que j'étais, Waldemar ; je l'aimais, elle le savait ; et elle m'a humilié ; et elle m'a blessé au vif ! il est vrai que la haine a succédé rapidement à l'amour ; mais elle l'avait mérité. C'est elle qui m'a rendu l'horreur du genre humain, le rebut de la société. Son pardon ! c'est à elle à implorer le mien, pour avoir détruit toutes les espérances de ma jeunesse, pour m'avoir privé de tout avenir de bonheur dans ce monde et dans l'autre. »

Il se fit un instant de silence. Une vive émotion coupait la parole à Géraldi, et Waldemar quoiqu'étonné d'un ressen-

timent si profond, pour une cause aussi
légère cédait en ce moment à sa pitié
pour le sort d'un homme doué de qualités énergiques qui, bien dirigées, auraient pu lui assurer une toute autre
destinée! il le conjura avec instances de
lui dire s'il pouvait le servir en quelque
chose.

« Me servir! s'écria Géraldi d'un ton
d'ironie amère; sans doute. Faites
tomber mes fers, rendez-moi la liberté.
Abandonnez votre poursuite, et obtenez
de tous mes ennemis qu'ils en fassent
autant. Vous voyez que je mets votre
sincérité à une forte épreuve. Je sais que
vous ne pouvez, ne voulez, ni ne devez
me sauver. »

— « Vous savez que vous me demandez
une chose qui n'est pas en mon pouvoir. »

« Pourquoi donc me faire des offres de
service? »

— « Vous pourriez en désirer quelqu'autre? »

— « Oui. Le seul que j'attende de
vous. Laissez-moi en repos! »

Waldemar retourna chez lui.

« Eh bien , lui dit Ethelinde d'un air
de méfiance, vous ne l'avez pas vu? il
s'est évadé, j'en suis sûre. »

Les assurances de Waldemar la con-
vainquirent pourtant qu'il était réellement en prison ; mais elle resta bien
persuadée qu'il finirait par trouver le
moyen de s'échapper, ou qu'il serait
acquitté lors de son jugement, et elle
supplia vivement son mari de lui permettre de se retirer dans un couvent ,
comme dans le seul lieu où elle pût être
à l'abri de sa haine. Enfin Waldemar ,
pour la tranquilliser, lui promit d'assister en personne au procès, de la conduire à l'instant même dans un cloître ,
s'il était acquitté ou s'il s'échappait.

Aucun de ces événemens n'arriva ,
et Géraldi fut condamné à perdre la
vie. Il devait se passer deux jours entre
le jugement et l'exécution, et Ethelinde,
avec cette opiniâtreté froide qui prouvait
le dérangement de son esprit, persis-
tait à dire qu'il s'évaderait de prison,
qu'il en était déjà évadé. A chaque ins-

tant, elle tressaillait, croyait l'entendre
sur l'escalier, et le voir à la fenêtre.
Waldemar ne savait comment combattre ces terreurs chimériques.

« Allez à la prison, lui dit-elle, et vous
verrez que vous ne l'y trouverez plus. »

Il y retourna dans l'espoir de rendre
un peu de calme à l'esprit d'Ethelinde.

Lorsqu'il entra dans la chambre où
Géraldi était détenu, il le trouva la tête
penchée sur sa poitrine; et absorbé
dans ses réflexions; les yeux de son ennemi n'avaient plus cette expression de
haine et de fureur qui l'avaient frappé
lors de sa première visite.

Géraldi le regarda d'un air tranquille.
« Waldemar, lui dit-il, pourquoi persis-
tez-vous à vous présenter devant moi.
Vous passez pour un homme humain et
généreux, et je ne puis croire que vous
veniez ici pour insulter un malheureux. »

« Non, sur mon ame! répondit Waldemar, avec une émotion évidente. Géraldi fixa les yeux sur lui comme s'il eût

voulu lire au fond de son cœur.
« Votre épouse est-elle donc morte? mourante ? »

« Non, grace au ciel! elle vit, elle est
bien portante.»

— « Pourquoi donc cette agitation ?
Est-ce mon destin qui la cause? je
vous remercie. Waldemar, j'ai vu
un prêtre depuis votre dernière visite,
et il m'a dit des choses qui ont changé
mes sentimens à l'égard d'Ethelinde
Manstein. J'ai appris qu'avec tout son
orgueil, elle avait cru du moins que
Géraldi Duval avait une ame ; que me
croyant mort, elle avait fait faire des
prières publiques pour moi, ici, à Prague et à Ratisbonne. Je l'en remercie. Je crois que je suis satisfait de ne
pas l'avoir tuée. Dites lui que... oui...
je le crois... dites-lui que je lui pardonne.
Maintenant ajouta-t-il, en se détournant, comme s'il eût rougi d'avoir un
témoin de l'émotion qu'il éprouvait,
laissez-moi, de grace, laissez-moi.»

« Que ne puis-je vous sauver ! s'écria

Waldemar, de ce ton qui porte la conviction dans le cœur de celui qui l'entend.

— « Vous ne le pouvez, mais on m'assure que le Rédempteur en a le pouvoir, et je m'efforce de le croire. Adieu ! »

« Vous aurez toutes nos prières ! s'écria Waldemar, et il se retira.

Le lendemain matin Géraldi expia ses crimes sur l'échafaud. Il mourut avec fermeté, mais en exprimant un repentir sincère, et le récit de ses derniers momens fut satisfaisant pour Waldemar qui ne pouvait s'empêcher de prendre intérêt à cet homme extraordinaire.

Mais personne ne put convaincre Ethelinde qu'il fût mort. Elle persista à soutenir qu'il était vivant, qu'il avait trompé l'exécuteur, et les spectateurs, qu'il avait feint d'être mort, et qu'il reparaîtrait un jour pour l'assassiner.

Waldemar désespéré, craignait qu'elle n'eût perdu la raison sans retour; mais d'après l'avis du médecin qui se trouvait

près d'Ethelinde quand on vint lui annoncer l'exécution de Géraldi, et qui,
témoin de son incrédulité, dit à son mari
qu'aux maux désespérés il fallait opposer
de violens remèdes, Waldemar se rendit chez le magistrat, et en obtint la
permission de faire voir à son épouse le
corps du meurtrier avant qu'il fût confié à sa dernière demeure. De retour
chez lui, il la fit monter en voiture, et
sans lui dire où il la conduisait, il la
mena à la prison et la fit entrer dans la
chambre où étaient déposés les restes
de Géraldi.

«Voyez, incrédule Ethelinde, lui dit-il,
regardez ces traits que vous ne pouvez
avoir oubliés, et dites-moi si ce n'est pas
bien Géraldi qui est sous vos yeux? »

Elle tressaillit de terreur, et reculant
quelques pas, « retirons-nous, dit-
elle à voix basse : il est endormi, et s'il
vient à s'éveiller il me tuera. »

Waldemar perdit presque courage,
et craignit que même cette dernière ressource ne lui échappât.

« Mais regardez-le bien, chère Ethelinde, lui dit-il à voix haute : ne crai-
gnez pas de faire du bruit. Le son de la
dernière trompette, de la trompette du jugement peut seule l'éveiller aujourd'hui. »

Du jugement ! répéta Ethelinde en
frémissant : oh ! pauvre Géraldi ! elle se
rapprocha de lui, et quand elle vit ses
yeux jadis si brillans et si terribles, mor-
nes et éteints, ses joues creuses et pâles,
ses lèvres livides, l'agitation de son sein
annonça que la conviction était près
d'entrer dans son esprit.

Waldemar sentit ses espérances se
ranimer. Il prit la main de Géraldi et
la mit brusquement dans celle d'Ethelinde. « Voyez, lui dit-il, si cette main
si souvent armée contre vous, peut être
désormais à craindre, »

Dès qu'elle sentit ce froid affreux, ce
froid glacial qu'aucun être vivant ne
peut éprouver, que la mort seule peut
donner, ses doutes s'évanouirent, des
pleurs qu'elle ne connaissait plus depuis
long-temps coulèrent en abondance de

ses yeux, et opérèrent en elle une révolution salutaire. « O Waldemar, s'écria-
t-elle, en se jetant entre les bras de son
mari, je suis convaincue ; mais délivrez-
moi de cet affreux spectacle, je ne puis
le supporter plus long-temps. ..

Depuis ce moment, rien ne troubla
plus le bonheur de la famille Waldemar.
Cependant quand l'idée de Géraldi se
représente à l'imagination d'Ethelinde,
elle éprouve toujours une agitation involontaire qui prend sa source non
dans le ressentiment, mais dans la
compassion, et elle ne cesse d'adresser de ferventes prières au souverain
juge, pour qu'il lui pardonne comme
elle lui a pardonné.

Nota. Ce roman est fondé sur un trait qui m'a
été raconté ainsi qu'il suit : — Il y a environ vingt
ans, une jeune fille d'environ douze ans, ayant refusé,
dans un bal à Bruxelles, de danser avec un jeune
homme à peu près du même âge, celui-ci sortit du
bal, alla dans un café, y but plusieurs verres de vin,
se mit en embuscade près de la porte de la maison où

le bal se donnait, et dans le moment où l'on en sortait, tua par méprise une jeune fille qu'il crut celle qui l'avait refusé. Il fut arrêté sur-le-champ, et pendant qu'on le conduisait en prison, ayant passé par hasard près de celle qu'il avait voulu prendre pour victime, il lui dit à voix basse : « Je te retrouverai un jour ! » Il ne fut condamné qu'à vingt ans d'em-prisonnement, à cause de son extrême jeunesse, et ce terme est en ce moment près d'expirer.

LES CONFESSIONS

D'UN HOMME BIZARRE.

PREMIÈRE PARTIE.

Combien n'est-il pas étrange que moi qui ai fait le malheur de ma vie par un caractère ombrageux et taciturne, je songe en ce moment à révéler au monde le secret de mes pensées et de mes sentimens! c'est la suite du changement que produisent sur l'esprit humain les vicissitudes de la vie; quelle révolution en effet l'influence du malheur et du remords ne peut-elle pas opérer?

J'étais né avec une fortune assez brillante. Je perdis malheureusement mes parens avant que leurs conseils et leurs exemples eussent eu le temps de former mon caractère. Jamais je ne reçus un avis, si ce n'est de la part de maîtres que je n'écoutais point, et qui m'aigrissaient au lieu de me corriger. « Et qui donc a le

IV.   8

droit de me blâmer, de m'adresser un reproche? » pensais-je : « ceux à qui la nature l'avait accordé n'existent plus; je n'ai que faire des avis officieux de tous ces prétendus amis. »

J'avais pourtant un cœur sensible et affectueux; mais porté de bonne heure à croire que l'on s'expose à être dominé et asservi en laissant voir trop d'affection et de sensibilité, je résolus de cacher soigneusement ces deux sentimens, et d'opposer une barrière de glace en apparence impénétrable, à toutes les attaques qui pourraient être dirigées contre mon cœur.

Le temps s'écoulait insensiblement. J'avais fait des études si non brillantes, au moins passables; j'avais pris mes degrés à l'université; ayant quitté le collége à vingt et un ans, je commençai l'étude des lois à Londres, à Lincoln's inn, et j'entrai en possession de l'héritage que m'avaient laissé mes parens.

J'avais un beau domaine à peu de distance d'une grande ville, et l'on croira aisément que lplus d'une jeune fille se proposa d'attaquer ma liberté. Mais malgré la politesse de mes manières, j'opposais tant de froideur à toutes les tentatives faites pour m'inspirer un sentiment contraire, que ni les mères, ni leurs filles ne pouvaient se flatter avec raison de réussir auprès de moi.

J'allais régulièrement à Londres pour prendre mes inscriptions en droit; et quand je revenais chez moi, je continuais de me montrer si insensible aux avances flatteuses dont j'étais l'objet, qu'on finit par ne plus chercher à me mettre de toutes les parties; l'opinion générale sur mon compte fut bientôt que je pouvais être fort aimable quand je le voulais, mais qu'il était si difficile d'arracher de moi un mot agréable, qu'en vérité je n'en valais pas la peine. J'avais pourtant un avocat, un avocat désintéressé, que je n'avais jamais cherché à gagner par des flatteries, ni par des attentions d'aucune espèce, mais qui par un sentiment de pure bienveillance,

naturel à un cœur généreux, prenait ma
défense avec courage, toutes les fois que
la médisance s'exerçait en mon absence,
à mes dépens.

Ah ! que cet être sensible dont j'avais
sans y penser, obtenu ainsi la protection,.... mais n'anticipons point sur mon
histoire.

Comme je vais avouer mes fautes, il
doit m'être permis de dire un mot du
peu de bonnes qualités que je possédais.
J'étais riche, et j'aimais à faire part aux
autres de mes richesses. Mais ce n'était
pas un mérite en moi. Je n'avais le goût
ni du luxe, ni de la représentation ; mes
dépenses étaient toujours beaucoup au-
dessous de mon revenu, et je donnais
par une impulsion naturelle, plutôt que
par principe ; car pour être charitable,
e n'avais besoin de m'imposer aucune
privation.

Le hasard voulut qu'un acte de bienfaisance que je croyais ignoré, vint à la
connaissance de mon aimable apologiste,
miss Caroline Orville, et fut la première

cause d'un attachement qui.... mais,
comme je l'ai déjà dit, je ne veux pas
anticiper sur les événemens.

Elle ne devait pourtant pas m'aimer;
car jamais je ne fus digne d'elle. Mon
naturel bizarre ne convenait point à sa
douceur, à sa tendresse, à sa complai-
cance.... allons! j'allais encore faire une
digression.

Elle était charmante, si l'ensemble
de la physionomie donne droit à ce titre,
plutôt que la régularité des traits. Son
sourire annonçait la gaieté douce et sans
affectation d'un cœur en paix avec lui-
même comme avec tout l'univers.
La bienveillance animait ses grands
yeux bleus, les tendres accents de sa
voix. Le bonheur semblait devoir rési-
der partout où elle daignerait fixer son
séjour! — O souvenirs pénibles! laissez-
moi poursuivre ma narration.

Quoique toujours en garde contre les
amorces des femmes, je ne pouvais voir
un être semblable avec des yeux indiffé-
rens.

Elle dansait à ravir ; j'aimais à être son partenaire.

Elle chantait délicieusement ; personne ne l'écoutait avec plus d'attention.

Elle causait avec esprit, quoique sans affectation ; je trouvais mille charmes dans sa conversation.

Souvent j'oubliais ma réserve habituelle auprès d'elle, et la froideur de mes manières disparaissait devant sa candeur et son amabilité.

C'était lui rendre un hommage : c'était reconnaître qu'elle exerçait sur moi le pouvoir le plus cher au cœur d'une femme. Rendre attentif, agréable et prévenant, un homme ordinairement distrait, froid et taciturne, était un triomphe dont toute sa modestie même ne pouvait l'empêcher de jouir, et l'on m'assura qu'elle ne permettait à personne de nier en sa présence que je fusse le plus aimable, le plus sensible et le plus communicatif des hommes ; elle ajoutait qu'elle avait les meilleures raisons pour me regarder aussi comme le plus bienfaisant, et allait même jusqu'à dire qu'elle me trouvait fort bien.

Je n'avais pourtant d'autres préten-tions à ce qu'on peut nommer la beauté chez les hommes, qu'une taille avanta-geuse et un air spirituel; mais je savais que ma physionomie était austère et peu prévenante. Elle prétendait pourtant qu'un sourire de bienveillance donnait à ma figure une expression qu'elle che r chait vainement ailleurs. Douce en-thousiaste! hélas! hélas!.....

J'étais sur mes gardes contre tout at-tachement; j'avais surtout résolu de ne jamais laisser connaître à une femme tout l'ascendant qu'elle pourrait avoir sur moi. Cependant il n'était guères pos-sible que cette étrange prévention qu'elle éprouvait en ma faveur, ne me disposât enfin aussi favorablement à son égard.

Ainsi donc, en dépit de moi-même, je la regardai, je l'écoutai, je l'aimai. Je me trouvai bientôt hors d'état de refu-ser à mon aimable avocat une vive ex-

pression de ma reconnaissance, et quoique j'eusse eu grand soin de ne pas tra-
hir l'étendue de mes sentimens, c'en fut
assez pour fortifier ceux qu'elle nourrissait pour moi en secret.

Quelques circonstances peu dignes
d'être rapportées m'exposèrent à des
censures sévères que je ne méritais point.
Ceux qui ont vécu dans une ville de province savent que le plus grand plaisir de
la plupart de ceux qui l'habitent est de
pouvoir rabaisser le mérite de quiconque s'élève tant soit peu au-dessus du
niveau des autres, et que la ruine d'une
réputation y est la plus douce des jouissances.

La calomnie qui circulait contre moi
et à laquelle chacun de ceux qui la rap-
portaient ajoutait un nouveau coup de
pinceau, fut débitée plusieurs fois en sa
présence, et, tant par suite du sentiment
secret qui lui parlait en ma faveur, que
parce que la connaissance qu'elle avait
du cœur humain lui avait appris qu'un
homme est ordinairement d'accord

avec lui-même, et que certaines vertus
sont incompatibles avec certains vices,
elle ne manqua jamais de prendre ma
défense : elle déclara qu'elle était convaincue que toute l'histoire était fausse,
ou que si elle était représentée sous son
jour véritable, elle ne pourrait que me
faire honneur, loin d'être pour moi un
sujet de reproche, et plus d'une fois sa
candeur et son ingénuité réduisirent au
silence ceux qu'elle ne pouvait réussir à
convaincre.

Aussitôt que j'en fus informé, ma résolution fut prise.

Une fierté que je n'ai jamais pu sub-
juguer, quoique je ne prétende pas la
justifier, m'avait déterminé à ne répondre que par le silence du mépris aux ac-
cusations injustes intentées contre moi,
quoique j'eusse pu donner des preuves
évidentes de mon innocence.

Mais cette femme qui avait si géné-
reusement entrepris ma défense, sans
avoir rien qui lui parlât en ma faveur
que sa noble confiance en moi, l'estime

8*

qu'elle avait pour mon caractère, et la méfiance que lui inspiraient des propos hasardés, cette femme me parut mériter, sous tous les rapports, toute ma reconnaissance, et je regardai comme un devoir pour moi de lui prouver que je faisais cas de son opinion, tout en méprisant celle des autres.

Je me rendis donc chez elle, je lui détaillai toute l'affaire; je la forçai d'écouter ma justification, quoiqu'elle m'assurât que je n'en avais pas besoin, et je la quittai le cœur et l'esprit plus que jamais pleins de son image.

Depuis ce moment, mes soins pour elle devinrent si constans, le langage de mes yeux devint si tendre, qu'elle ne put douter de la conquête qu'elle avait faite, quoique sa délicatesse l'empêchât de montrer par un seul regard qu'elle en fût assurée; elle devait s'attendre à fixer exclusivement mon attention partout où je la rencontrais, cependant elle ne paraissait jamais croire qu'elle y eût quelque droit. Cette conduite si différente de celle de la plupart des femmes, fit que je l'aimai encore davantage ; car j'étais avant tout esclave d'une fierté mal entendue, qui ne voulait accorder à qui que ce fût aucun droit sur ma liberté, et à une femme moins qu'à tout autre.

Jusques-là tout allait bien : mais malheureusement le commérage de la ville vint se mêler de mes affaires et gâta tout. Je n'avais pas encore prononcé le mot d'amour à Caroline, que déjà le bruit de notre mariage était répandu partout.

Ce bruit était bien naturel après mes assiduités auprès d'elle. Mais mon amour pour l'indépendance se réveilla dans toute sa force, je rentrai dans mon caractère, je m'imaginai qu'on me croyait trop avancé pour pouvoir reculer, et que peut-être même les amis de Caroline avaient accrédité ce bruit pour me forcer à me déclarer plus promptement.

Un homme généreux n'aurait pas pensé ainsi, mais j'étais sans générosité.

Non seulement je conçus cette opinion, mais j'y conformai ma conduite : j'affectai tout à coup de la froideur pour l'être sensible dont je croyais avoir obtenu la tendresse, sans autre motif que celui de ne pouvoir supporter l'idée qu'on crût avoir influencé mes actions, et m'avoir forcé par des propos à épouser une femme que j'adorais.

En conséquence à un bal où nous nous trouvions tous deux, au lieu de solliciter sa main pour danser, je me contentai de la saluer et me tins éloigné d'elle. J'eus assez de courage pour supporter les regards qu'elle jetait sur moi d'un air de surprise plutôt que de reproche, et je vis avec une basse satisfaction cette Caroline ordinairement si vive et si gaie, danser toute la soirée d'un air distrait et ennuyé.

J'avais affiché la même froideur dans deux autres occasions, quand un rival et un rival formidable, vint me disputer ma conquête.

On savait que Caroline avait refusé

plusieurs partis qui s'étaient présentés
pour elle ; mais aucun de ces partis n'é-
tait bien brillant, et le rival qui se mettait alors sur les rangs, était digne d'elle
sous tous les rapports. Je dois lui rendre
cette justice, et je fus plus d'une fois
étonné qu'elle n'en fît pas autant. Je
m'avouai même qu'elle aurait dû l'aimer,
et que rien ne pouvait l'en empêcher ;
qu'une prévention aveugle pour un
homme qui la méritait moins. Pour moi,
je me jugeai si sévèrement que je la trouvai à blâmer de me donner la préférence sur lui. Il était bien fait, jeune, d'une
figure agréable, d'un excellent caractère, plein d'instruction, de talens et de
vertus ; il était au-dessus d'elle par le rang,
la naissance, et la fortune : il fut pourtant
refusé, parce que le cœur de Caroline
s'était prononcé pour moi. Qu'est-ce
donc que cette passion qu'on nomme
amour, qui refuse d'écouter la voix du
jugement, et qui renverse les autels de
la vérité pour en élever à l'erreur?

Rien ne m'assurait pourtant que ce

rival redoutable ne réussirait point, et je relâchai quelque chose de ma froideur, quand je m'aperçus du but auquel tendaient ses attentions marquées. J'y fus surtout déterminé par les regards satisfaits et ironiques que jetait sur moi une amie de Caroline, Mistriss Belson, qui ne pouvait me souffrir, qui protégeait mon rival, et dont l'air semblait me dire : « Vous l'avez perdue pour toujours. »

En conséquence, au premier bal, j'invitai Miss Orville à danser. Elle était engagée à mon rival pour les deux premières contredanses ; mais elle accepta pour les deux autres, et je trouvai une différence frappante entre la manière dont elle dansa avec moi, et celle dont elle avait dansé avec lui. En dansant avec lui ses regards erraient au hasard de tous côtés, et se fixaient sur lui sans expression. Quand nous dansâmes ensemble, ses yeux brillaient, son teint était animé, et si ses regards semblaient fuir les miens, on voyait que sa fierté

justement blessée de mon indifférence
apparente, n'osait avouer le plaisir
qu'elle éprouvait.

Bien des femmes se seraient vengées
en me traitant avec une froideur qui
n'aurait peut-être pas existé au fond de
leur cœur; et elles auraient eu raison.
Mais le cœur de Caroline était étranger
à tout artifice, et quoique, dans mes
humeurs injustes, je l'aie quelquefois
accusé de pousser l'ingénuité jusqu'à
manquer de délicatesse, à présent je lui
rends justice, et je suis convaincu que
si toutes les femmes lui ressemblaient,
les amans et les époux n'en seraient que
plus heureux: mais il faudrait aussi que
les hommes fussent plus parfaits pour
mériter de pareilles femmes. C'est encore une digression. Je tâcherai de
m'en abstenir.

Après avoir fait cet effort sur mon
amour-propre, et m'être assuré que
mon rival, malgré tous ses avantages ne
m'avait pas encore supplanté, je continuai à être peu assidu auprès d'elle, et

comme on était certain que je n'avais
encore annoncé aucune prétention po-
sitive à la main de Caroline, mon rival
en fit la demande formelle. Mistriss
Belson l'appuya de tout son crédit, fit
valoir les avantages d'une telle alliance,
mais tout fut inutile; Caroline le refusa
avec une obstination que je dois appeler
mal entendue, et désespérant de réussir, il partit de la ville.

On s'attendait alors que je me pré-
senterais à mon tour; car personne ne
doutait qu'il n'eût été refusé pour l'a-
mour de moi. Mais ce fut précisément
parce que je savais qu'on s'attendait à
cette démarche, que je résolus de ne pas
la faire, et je persistai dans cette résolution, quoique je fusse bien souvent près
de la voir échouer quand je me trouvais
près de Miss Orville, quand j'étais ex-
posé aux charmes de ses traits, de sa
voix, de ses manières ingénues, et
quand je voyais l'air de douce mélancolie répandu sur son front depuis que
je lui marquais moins d'empressement,

expression touchante qui lui donnait
encore plus d'attraits à mes yeux.

Au lieu de lui témoigner autant de froideur que je l'avais fait pendant quelque
temps, j'eus alors l'impertinence de m'ar-
roger avec elle un ton d'aisance et de fa-
miliarité qui prouvait combien je comptais sur l'empire qu'elle m'avait laissé
prendre sur son cœur. Au lieu de l'abor-
der en la saluant respectueusement, je lui
prenais la main en lui disant : Eh bien !
comment va la santé ? Quand je la rencontrais je lui faisais une légère inclination de tête, sans même porter la main
à mon chapeau. Je ne fus pas long-
temps sans m'apercevoir que l'indignation que Mistriss Belson témoignait
ouvertement de cette conduite, commençait à être partagée par la douce
Caroline elle-même.

Et pourquoi agissais-je ainsi ? Tout ce
que je puis dire c'est que j'obéissais à la
bizarrerie de mon caractère, et j'exhorte
bien vivement toutes mes lectrices à ne
jamais confier le soin de leur bonheur

à un homme en qui elles en remarqueront un semblable.

Après m'être ainsi joué des sentimens d'un cœur trop ouvert pour qu'il pût les cacher à mes observations, je me rendis à Londres pour y prendre une de mes inscriptions en droit ; mais on savait que j'avais dessein de revenir passer chez moi les fêtes de Noël, et j'y revins effectivement deux ou trois jours avant le 25 décembre.

Aussitôt après mon retour, j'allai voir Miss Orville, chez qui je trouvai Mistriss Belson. Je fus surpris du changement que je remarquai dans Caroline ; elle me reçut d'un air calme et presque avec froideur. Elle me dit qu'elle partait le lendemain pour aller passer les fêtes de Noël chez Sir Charles Denham. J'eus beaucoup de peine à cacher le chagrin que me causa cette nouvelle : je savais que la maison de Sir Charles serait à cette époque le rendez-vous d'un grand nombre de personnes aimables des deux sexes, et que Caroline y serait l'ob-

jet des soins de bien des jeunes gens
dont quelqu'un réussirait peut-être à
prendre ma place dans son cœur.

Mais voyant les yeux de son amie fixés
sur moi, j'eus recours à la dissimulation.
J'étais enchanté, lui dis-je, qu'elle dût
passer les fêtes si agréablement ; je l'en-
gageai même à y rester toute la semaine
suivante, ajoutant que d'après la connaissance que j'avais des maîtres de la
maison, je ne doutais pas qu'ils ne pro-
curassent à leurs hôtes tous les plaisirs
possibles.

Comptez-vous y aller? me demanda
Mistriss Belson, avec empressement,
tandis que Caroline me regardait avec
une émotion que j'interprêtai en ma faveur : comptez-vous y aller? je sais que
vous y êtes invité. »

« Je l'ai été, dis-je, mais je n'irai point.
Ainsi l'avis que je donne à votre aimable
amie est entièrement désintéressé,
et de pure bienveillance. Je parle même
contre mes intérêts ; car qu'est cette
ville sans elle? un véritable désert. »

Je jetai sur Caroline un regard à la dérobée en finissant de parler, et je vis son visage se couvrir d'une rougeur soudaine ; mais je ne pus distinguer si c'était de plaisir du compliment que je lui adressais, où de dépit de ce que son départ ne me décidait pas à la suivre. Son amie me complimenta d'un ton railleur sur la bienveillance désintéressée dont je semblais me faire un mérite. Elle avait raison sans doute de tourner en ridicule un sentiment que j'affichais tout-à-coup, et dont ma conduite passée n'avait guère donné de preuves à Miss Orville. Voyant alors Caroline tomber dans une rêverie dont le sujet n'était probablement pas agréable, j'appelai à mon secours tous mes moyens de plaire et je parvins à l'engager dans une conversation.

Peu-à-peu, elle reprit avec moi son ancien ton d'aisance et de franchise, et nous parûmes tous deux goûter autant de plaisir à converser ensemble, que nous en avions jamais éprouvé ; mais

mesure que notre gaieté augmentait, et
que nous paraissions charmés l'un de
autre, le sourcil de Mistriss Belson se
ronçait, et son ton devenait aigre et piquant.

Quelqu'un la demanda, et elle fut for-
ée de nous quitter un instant , à son
grand regret , car il était évident qu'elle
désirait rester présente à notre conver-
ation. Je demeurai seul avec Caroline.
Au même instant la vivacité qui nous
animait fit place à l'embarras; nous gar-
dâmes le silence ; les yeux de Miss Orville m'évitaient , tandis que les miens
la cherchaient. Enfin entraîn épar la situation dans laquelle je me trouvais ,je
m'approchai d'elle , et m'appuyant sur
la cheminée près de laquelle elle était
assise , je lui dis avec l'accent le plus
tendre : « Ainsi donc vous partez pour
quinze jours, peut-être pour un mois?»

« Probablement , répondit-elle, en
jouant avec le cordon de la sonnette.
C'est vous même, vous le savez, qui m'y
avez engagé.

« Je vous ai y engagé, m'écriai-je ; et
j'allais laisser échapper quelques-uns des
sentimens de mon cœur, quand Mistriss Belson reparut. Ne voyant aucune
apparence qu'elle me laissât de nouveau
tête-à-tête avec Miss Orville cette soirée,
je me retirai ; non sans avoir obtenu la
permission de la revoir le lendemain
avant son départ, pour lui apporter un
livre qu'elle m'avait prié de lui prêter.

J'aurais certainement désiré ne pas
laisser une ennemie déclarée près de
Caroline ; car je savais que la bizarrerie
de ma conduite m'exposait à de sévères
et justes reproches. Mais je savais aussi que
j'avais un avocat dans son cœur, et je
retournai chez elle le lendemain avec
plus d'espérance que de crainte. Je
n'eus pourtant pas à m'applaudir de la
réception que me firent les deux amies.
Mistriss Belson me témoigna plus d'humeur et d'antipathie que jamais, et Miss
Orville qui probablement avait réfléchi
que le moment de tendresse que je lui
avais montré la veille avant de la quitter,

n'était qu'un nouveau trait de coquetterie, me reçut avec une sorte de réserve
et de dignité que je n'avais jamais jusqu'alors remarquée en elle, et que mon
jugement approuva, quoique mon cœur
en fût déchiré.

Ce fut en vain que j'entamai les sujets
les plus intéressans; Caroline n'était pas
disposée à la conversation. Je cherchai
en vain à rencontrer ses yeux, à lui exprimer par mes regards l'amour et le regret que j'éprouvais, elle parut éviter
sans effort et sans émotion, de jeter les
yeux sur moi, et je commençai à craindre de m'être trompé, en m'imaginant
qu'elle avait conçu pour moi un sentiment décidé de préférence. Cette idée
m'était presque insupportable, et voyant
combien ma présence semblait peu
agréable, je serais parti sur-le-champ,
si je n'eusse senti qu'il m'eût été impossible de prendre congé de Miss Orville,
sans lui faire connaître au vrai l'état de
mon cœur, ce dont mon orgueil ne pouvait supporter l'idée.

Je restai donc, tantôt parlant, tantôt tournant les feuilles d'un livre de musique, quelquefois considérant à travers ma lorgnette des tableaux suspendus dans son salon.

La voiture qui devait les conduire arriva enfin. Elles mirent leurs schalls et se disposèrent à partir. Je ne pouvais me dispenser de leur offrir la main, je présentai un bras à Mistriss Belson et j'avançais l'autre vers Caroline quant elle déconcerta mes projets en descendant l'escalier avec agilité, et en sautant légèrement dans la voiture sans attendre mon aide. Cette conduite piqua mon amour-propre et me donna la force de lui faire mes adieux d'une voix ferme et assurée.

Je fis plus, misérable fat que j'étais! quand elle me salua, lorsque la voiture partit, je lui adressai un de ces sourires auxquels elle prétendait trouver tant d'expression, voulant que le dernier souvenir qu'elle emporterait de moi fût en ma faveur.

Je retournai chez moi peu satisfait de
moi-même, mécontent de miss Orville
et maudissant presque mistriss Belson.
Je ne pouvais chasser de mon esprit l'i-
dée pénible que j'allais être des jours,
des semaines sans voir Caroline, et
qu'elle allait se trouver entourée de jeunes gens auxquels elle ne pourrait manquer de plaire, et qui auraient des pré-
tentions égales aux miennes, et peut-être
avec plus de moyens de succès. Quelquefois je prenais la résolution de la suivre
chez sir Charles dans un jour ou deux :
mais comme j'avais refusé l'invitation
qu'il m'avait faite, l'orgueil me défen-
dait cette démarche à laquelle mon cœur
me portait ; car il n'était pas douteux
qu'on l'attribuerait à sa véritable cause,
au pouvoir qu'avait Caroline de m'attirer.

Pour la première fois de ma vie je me
trouvai dans la pénible nécessité de chercher à faire ce qu'on appelle tuer le
temps. J'avais refusé d'aller passer les
fêtes chez sir Charles pour me livrer à

l'étude de quelques livres de jurispru-
dence que je venais d'acheter ; mais en
vain je m'asseyais à mon bureau en les
tenant ouverts devant moi; je ne voyais,
à chaque page que les yeux bleus de Caroline. Je crus qu'une lecture moins sérieuse conviendrait mieux à la situation
de mon esprit; j'eus recours à l'histoire,
aux belles lettres, mais si j'y trouvais un
fait remarquable, un passage saillant ,
c'était pour le répéter à Caroline à son
retour que je cherchais à le retenir.

Ce n'était pas que je trouvasse mes
chaînes légères : tout au contraire, je
me révoltais contre des fers que je ne
pouvais briser. Toute la fierté, toute l'indépendance de mon ame étaient humi-
liées de me voir l'esclave d'une femme,
quoique cette femme fût la plus aimable,
la plus parfaite de tout son sexe. Ainsi
se passa la première semaine de l'absence de Caroline. Il en fut de même de
la seconde, et l'on ne parlait pas encore
de son retour.

A cette époque un ami de sir Charles,

et qui était aussi le mien, vint me voir après avoir passé quinze jours chez lui, et me fit la description de tous les plaisirs qu'on y goûtait. J'eus peine à écouter son récit jusqu'à la fin. Caroline était l'ame de toute la société. Si elle jouait d'un instrument, si elle chantait, si elle dansait, un concert unanime d'éloges s'élevait autour d'elle; tous les jeunes gens, des hommes distingués par leur naissance et leur fortune semblaient se disputer ses bonnes graces. Je pouvais à peine m'empêcher de rompre en visière à cet insupportable bavard qui se plaisait à m'enfoncer un poignard dans le cœur. Mais je n'avais pas encore entendu ce qui était le plus fâcheux, le plus inquiétant pour moi. « Sir Henri Douglas ajouta-t-il, fait une cour assidue à miss Orville qui paraît recevoir ses soins avec plaisir, et personne ne doute que leur mariage n'ait lieu d'ici à peu de temps. »

Heureusement pour moi, il se retira après m'avoir porté ce dernier coup qu'il adoucit pourtant en me disant à la porte: « Sir Charles est enchanté de la société quil a rassemblée chez lui , et il m'a dit qu'il n'aurait rien manqué à sa satisfaction, si vous aviez accepté l'invitation qu'il vous avait faite. »

Alors, pensai-je en moi-même, puisque sir Charles a parlé ainsi, il me donne un prétexte pour me rendre chez lui en dépit de mon refus, et bien certainement j'y serai dès demain. »

Mais il régnait dans la ville une maladie épidémique, quoique peu dângereuse, et le lendemain j'en fus attaqué; soit que j'eusse déjà gagné la contagion avant d'apprendre les détails que m'avait donné cet ami communicatif, soit que cette maladie ne fût que la suite de l'extrême agitation qu'ils m'avaient occasionnée. Quoi qu'il en soit, je fus obligé d'envoyer chercher un médecin, et de garder le lit pendant trois jours. Le cinquième je me trouvai guéri, et le sixième je me disposai à partir pour la terre de sir Charles,

Mais quand je me regardai dans une glace; quand je vis les ravages qu'avaient faits sur moi la fièvre et la diète, quand je songeai à la comparaison qu'on pourrait faire entre mes joues maigres et blêmes, et la figure riante et fleurie de tant de jeunes gens brillants de fraîcheur et de santé, mon courage m'abandonna et j'eus envie de rester chez moi. Je réfléchis pourtant que je ne devais point à des avantages extérieurs la préférence dont Caroline semblait m'honorer, et si d'ailleurs elle pouvait savoir que l'état où elle me verrait n'avait d'autre cause que l'excès de mon attachement pour elle, ne serait-elle pas portée à m'en aimer davantage? Mais comment pourrait-elle le savoir, à moins qu'elle ne l'apprît de moi? mon orgueil pouvait-il me permettre de lui faire un tel aveu? « Non! m'écriai-je, non! jamais une femme ne saura à quel état de dégradation et de dépendance elle a le pouvoir de me réduire! »

« D'ailleurs, pensai-je encore, si ce

qu'on dit est vrai, si elle a promis sa main à Douglas, pourquoi irais-je être témoin du triomphe d'un rival? » Mais le moment d'après, un reste d'espérance se réveillait dans mon cœur; je pensais que ce triomphe n'était peut-être pas encore bien décidé. Enfin je partis.

J'arrivai chez sir Charles Denham, deux heures avant le dîner, lorsque toute la compagnie après avoir fait sa promenade du matin, à pied, à cheval ou en voiture, était réunie dans le salon jusqu'au moment de songer à la toilette, et s'occupait les uns à différens jeux, les autres à causer, ou à examiner des portefeuilles de gravures qui se trouvaient sur une table.

Mon entrée dans le salon n'occasionna aucun mouvement, parce que me sentant fort agité, je priai le domestique de ne pas m'annoncer: car je ne connais rien de plus pénible pour un homme susceptible que d'entrer à la suite de son nom dans une salle rem-

plie de monde, surtout quand il doit y
rencontrer une personne dont la seule
idée lui cause de l'émotion.

La première chose que je vis en arrivant, fut ma figure répétée dans une
glace en face de la porte, et je crus ne
m'être jamais vu un air si pâle, une si
mauvaise mine ; et tandis que je faisais
cette réflexion, je remarquai un con-
traste parfait dans la figure de sir Henri
Douglas appuyé d'un air amoureux sur
la chaise de miss Orville, qui faisait une
partie d'échecs avec un homme que je
n'avais jamais vu. Elle jetait sur Douglas
un coup-d'œil de satisfaction et de triomphe, parce qu'elle croyait être sur le
point de faire son adversaire échec et
mat. Je ne m'arrêtai pas près d'elle, et
je n'osai même pas la regarder une seconde fois, mais je l'avais vue tressaillir
en me reconnaissant, et un instant après
j'entendis sir Henri s'écrier qu'elle avait
mal joué. Je passai dans la pièce suivante
et j'y trouvai sir Charles que je cherchais.
J'en reçus tout l'accueil que je pouvais

désirer ; mais mistriss Belson qui était avec lui changea de couleur en m'apercevant, et je vis clairement que mon arrivée lui déplaisait. Elle s'approcha pourtant de moi, en s'écriant, mais non d'un ton de compassion : « Est-il possible que ce soit vous ? je n'aurais jamais cru que quelques jours pussent produire un tel changement sur la figure d'un homme ! comme vous avez mauvaise mine ? »

« Ce n'est pas en parlant ainsi que vous lui en donnerez une meilleure, » dit sir Charles Denham.

— « Pardonnez-moi ! voyez ! il a déjà plus de couleurs ; il n'est plus si horriblement blême qu'il y a un instant. »

« Vous le seriez peut-être davantage, répliquai-je, si vous aviez été aussi malade que je l'ai été. »

— « Malade ! vous malade ! je croyais que rien ne pouvait vous faire mal ; que vous étiez fort comme un lion. On croirait vraiment que vous êtes amoureux. Pauvre homme ! si cela est, je vous plains,

et vous me faites réellement compassion. »

A ces mots, elle me quitta en fredon-
nant un air d'opéra, et rentra dans le
premier salon en pirouettant, comme
si elle eût été occupée d'idées agréables,
me laissant en proie à de sombres réflexions; car sa gaieté semblait m'annoncer qu'elle ne doutait plus du triomphe
de mon aimable rival.

Sir Charles s'aperçut de mon émotion,
et vit disparaître de mes joues le peu de
couleurs que l'attaque de mistriss Belson
y avait fait naître. Il me fit asseoir, me
força d'accepter un verre de vin qui ne
me fut pas inutile pour me donner occasion d'attribuer à la fatigue du voyage
l'agitation que le dépit m'avait occasionnée. Il me demanda des détails sur la
nature et la durée de ma maladie, et
après que je lui eus répondu: « eh bien,
eh bien, me dit-il, en voilà bien assez
pour pâlir un visage, sans que l'amour
vienne s'en mêler. »

Il me fit l'éloge de la société qu'il avait

9*

eu le bonheur de réunir, et me proposa
de me présenter aux personnes que je
ne connaissais pas encore. Je le suivis
dans le salon. Caroline venait de finir
sa partie, et se levait lorsque j'y entrai.
Elle vint à moi en me tendant la main
d'un air d'aisance et de liberté d'esprit
dont je l'aurais volontiers dispensée, et
qui ajouta encore à mon trouble et à
mon embarras. Je remarquai que sir
Henri Douglas nous examinait avec attention, et je ne me trouvai pas plus à
l'aise en voyant le feu dont ses yeux brillaient quand ils se fixaient sur Caroline.

Elle me plaisanta sur le peu de stabi-
lité de mes résolutions, et ajouta que
puisque je m'étais décidé à venir chez sir
Charles, elle était surprise que je n'y
fusse pas venu plutôt.

« J'y serais venu plutôt, lui répondis-
je, si une maladie ne m'en eût empêché. »

« Une maladie ! s'écria-t-elle d'un air
inquiet : mais elle n'en put dire davantage ; son amie vint à elle, la prit par le

bras, et l'entraîna presque malgré
elle, en lui disant qu'il était plus que
temps d'aller faire sa toilette pour le
dîner. Caroline la suivit, et le peu d'espérance que m'avait donné le désir
évident de mistriss Belson de l'éloigner
de moi, s'évanouit en la voyant accepter
d'un air de plaisir la main de sir Henri
qui la lui offrit pour traverser le salon.

Je montai dans la chambre qui m'était
destinée, et je quittai mes habits de
voyage, mais je crus que ma toilette ne
finirait jamais. Mes cheveux étaient
rebelles à la brosse et se refusaient à
prendre le pli que je voulais leur donner;
je ne pus parvenir à arranger à mon gré
le nœud de ma cravatte, et en me regardant dans mon miroir, je ne pus que
répéter l'expression de mistriss Belson.
« *Horriblement blême*, véritablement! »

La cloche ayant annoncé le dîner, je
descendis dans le salon. Comme je m'y
attendais, sir Henri donna la main à
miss Orville, quoique, étant l'homme
le plus distingué de la compagnie, il eût

dû la présenter à une dame mariée.
Cette petite circonstance me contraria
vivement, et la dame que je conduisis
dans la salle à manger, et près de laquelle
par conséquent je dus m'asseoir à table,
ne me trouva sûrement pas un voisin
bien agréable. Pour que rien ne man-
quât à ma peine, j'avais en face mistriss
Belson, qui me fit voir par son air de
triomphe que tout était arrangé au gré
de ses désirs, jetant sur moi de temps
en temps un coup d'œil ironique, et
regardant d'un air de satisfaction sir
Henri et Caroline assis au haut de la
table, et sur lesquels je n'osais lever les
yeux.

Lorsque le dessert fut placé sur la
table, et que les domestiques se furent
retirés, la conversation devint générale;
sir Charles m'adressa plusieurs fois la
parole sur des sujets qui m'intéressaient.
J'oubliai un instant mes motifs de chagrin en causant avec lui, et j'eus le plaisir
de voir miss Orville nous écouter avec
attention. Mais l'infatigable mistriss

Belson, était aux aguets ; elle mit ses
gants, toussa, battit le tambour sur la
table, et finit par demander aux dames
si elles ne pensaient pas qu'il fût temps
de passer dans le salon ; elles se levèrent
toutes, et ainsi se termina mon triomphe de quelques minutes. Je me levai
pour ouvrir la porte aux dames ; Caroline
jeta les yeux sur moi en passant, et je
lui adressai en soupirant un regard sur
l'expression duquel elle ne put se méprendre. Une foible rougeur couvrit ses
yeux, et je crus entendre un soupir
qu'elle cherchait vainement à retenir.
L'homme amoureux est comme celui
qui se noye ; il s'accroche à une paille
pour ne pas tomber dans le désespoir.
J'étais tout autre quand je me remis à
table, et lorsque nous allâmes rejoindre
les dames, j'avais l'œil brillant et le visage
animé.

Cette jouissance momentanée fut
bientôt remplacée par une sensation
pénible, quand je vis miss Orville se
reculer pour faire place à sir Henri sur

le sopha où elle était assise ; et causer avec lui de l'air le plus enjoué. Je ne goûtai de repos que lorsque j'eus déterminé sir Charles à la prier de passer au piano, afin de ne pas la laisser dans cette situation ; mais j'y gagnai peu de chose : sir Henri lui présenta la main, l'y conduisit, et resta ferme à son poste à ses côtés. Je me plaçai en face, et j'eus la satisfaction de voir que la manière dont je la regardais, la troublait, et qu'elle avait la voix plus tremblante que de coutume.

Je ne sais comment cela arriva ; mais quand elle eut fini de chanter, je gagnai sir Henri de vitesse, et je lui offris la main. Je ne lâchai la sienne qu'après l'avoir légèrement pressée, ce que je ne m'étais jamais permis, et un nouveau soupir annonça que mon cœur était trop épris pour pouvoir désormais cacher mes sentimens. Je ne la conduisis pas au sopha qu'elle avait quitté, mais à un fauteuil sur lequel elle fut bientôt entourée d'une foule de flatteurs qui s'épuisèrent en complimens, tandis que je ne pouvais prendre sur moi de lui adresser un seul mot d'éloges.

Elle écoutait leurs adulations d'un air distrait ; mais Douglas étant revenu près d'elle, elle reprit son air animé, causa avec lui d'un ton enjoué, en évitant mes regards, semblait chercher les siens avec une complaisance que j'accusais de manque de délicatesse, et dont mon rival semblait jouir avec ivresse. Je me sentis bien soulagé quand une dame commença sur le piano un concerto qui mit fin à leur conversation pour quelque temps.

Pendant ce morceau, je ne cessai d'examiner Caroline avec attention. Elle paraissait écouter la musique, mais je voyais qu'elle était enfoncée dans une profonde rêverie. Cette rêverie ne me promettait pourtant rien de flatteur, car elle semblait causée par le dépit plutôt que par l'émotion.

Je ne pourrais décrire toutes les alternatives de craintes et d'espérances qui m'agitèrent pendant cette soirée, et,

contre mon usage ordinaire, je ne cherchai pas à les dérober aux yeux des autres.
Je pouvais à peine concevoir le changement qu'avait produit en moi la crainte
de perdre Caroline. Ma réserve, mon
orgueil, mon sentiment d'indépendance, ma crainte du ridicule, tout avait
disparu. L'amour seul, avec sa suite de
doutes, d'alarmes et d'inquiétudes,
régnait despotiquement sur mon cœur.

Le lendemain, le surlendemain et le
jour suivant ne furent que la répétition
du premier; si ce n'est que chaque jour
mistriss Belson inventait quelque nouveau moyen pour me tourmenter, et
me porter à croire que bien certainement miss Orville finirait par accepter
la main de sir Henri Douglas. Mes propres observations me donnaient les
mêmes craintes; car, pensais-je, comment une femme honnête, sincère, gé-
néreuse, encouragerait-elle un homme
dont elle a rejetté les vœux, si elle n'avait
pas l'intention de récompenser sa constance?

Dans la soirée du quatrième jour qui suivit mon arrivée, comme j'allumais un bougie sur une table près de laquelle Douglas et miss Orville étaient depuis quelque temps en conversation, j'entendis mon rival lui dire : « Ainsi donc, je vous trouverai demain matin à huit heures dans le jardin? »

« J'y serai, répondit-elle. »

Il prit sa main, la porta à ses lèvres et se retira.

Ce spectacle me parut l'anéantissement de mes espérances, et soit par suite de la maladie que j'avais essuyée, soit par un effet des inquiétudes d'esprit dont j'avais été dévoré depuis mon arrivée chez sir Charles, je sentis mes forces m'abandonner, ma vue se troubler; je laissai mon chandelier sur la table, et je n'eus que le temps de sortir du salon en me soutenant le long du mur. Sir Henri Douglas qui s'était détourné pour parler à d'autres personnes ne remarqua ni ce qui m'arrivait, ni l'alarme qu'en conçut Caroline qui s'en était

aperçue. Celle-ci au contraire entendant
du bruit dans la chambre voisine comme
si quelqu'un fût tombé, sortit avec précipitation pour me chercher. Ni son
cœur ni son oreille ne l'avaient trompée.
J'avais perdu un instant l'usage de mes
sens ; mais ma chûte me l'avait rendu
sur-le-champ ; je venais de me relever,
et je m'asseyais sur une chaise quand
elle arriva.

Je vais maintenant décrire un des plus
beaux, un des plus heureux momens de
ma vie. Mais quel souvenir pénible !
comment retracer une scène de bonheur
qui fut ensuite terminée par.... La plume
me tombe des mains et il faut que j'in-
terrompe ma narration.

SECONDE PARTIE.

J'ai surmonté ma faiblesse : je crois
pouvoir reprendre mon récit.

Qu'on juge de ce que j'éprouvai quand,
en reprenant mes sens, je vis devant
moi Caroline ; debout, tremblante,

pâle d'inquiétude, et que je l'entendis me demander d'une voix à peine articulée, si je me trouvais indisposé, si j'avais besoin de quelque secours?

Ce n'était plus le moment de la réserve ni de la dissimulation. Nous étions seuls, et dans l'agonie d'une passion sans espoir, je lui demandai pourquoi elle montrait tant d'intérêt pour un malheureux qui ne l'était que par elle, tant de compassion pour un mal qu'elle seule avait occasionné.

« Moi! moi! » s'écria-t elle d'une voix faible.

— « En pouvez-vous douter? mais pourquoi restez vous ici? retournez dans le salon, allez rejoindre l'heureux Douglas. Allez lui renouveler la promesse de vous trouver demain matin dans le jardin, et laissez-moi périr ici! »

« Vous laisser périr! s'écria-t-elle en fondant en larmes : ingrat! »

J'attendis un instant que son émotion se fût un peu calmée, et lui prenant la main : « Caroline, lui dis-je, n'aimez-vous donc pas M. Douglas? ».

— « L'aimer! moi! non vraiment. »

— « Ne dois-je donc pas me livrer au désespoir? m'ordonnez-vous de vivre et d'espérer, Caroline? »

Elle ne me répondit rien. Elle ne pouvait parler. Cette preuve du plus vif attachement qu'elle recevait alors d'un homme dont la conduite à son égard avait toujours été marquée, à ce qu'on lui avait dit et à ce qu'elle avait cru elle-même, par l'égoïsme et la coquetterie; d'un homme qu'elle avait inutilement cherché à bannir de son cœur, était une épreuve trop forte pour sa sensibilité, et pendant quelques minutes, elle resta la tête appuyée sur mon épaule, gardant le silence, et incapable de maîtriser son agitation. Que ce silence était éloquent! de quel bonheur ne jouissais-je pas! — Nous ne rentrâmes dans le salon qu'après qu'elle m'eut assuré que les attentions de sir Henri ne troubleraient plus ma

tranquillité; qu'elle se trouverait au
rendez-vous qu'elle lui avait donné pour
le lendemain, parce que c'était un rendez-vous d'affaires, où mistriss Belson
devait se trouver avec elle, et qu'elle
saisirait cette occasion pour informer
Douglas qu'elle avait promis sa main à
celui qui possédait déjà son cœur.

Je rentrai dans le salon avec des sentimens bien différens de ceux que j'éprouvais quand j'en étais sorti. Caroline était
trop agitée pour rester ce soir en compagnie. Elle se retira presque aussitôt
dans son appartement, et je ne tardai
pas à aller m'enfermer dans la solitude
de ma chambre pour y jouir à loisir du
nouvel et délicieux avenir que cette
heureuse soirée m'avoit promis si inopi-
nément.

Si je ne passai pas la nuit à dormir,
je l'employai à des réflexions bien satis-
faisantes pour mon cœur, et je saluai
l'aurore à son retour avec des sensations
de plaisir auxquelles j'étais étranger depuis long-temps.

Il faut pourtant que je me rende la justice de dire que ce plaisir n'était pas tout-à-fait sans mélange d'amertume! Je ne pouvais penser sans un certain regret aux chagrins que Caroline allait causer à un rival dont je savais apprécier les qualités aimables, et ce ne fut pas sans un sentiment de compassion que le la vis à ma croisée avec mistriss Belson, joindre sir Henri qui les attendait déjà sur la pelouse. Ils firent la promenade qu'ils avaient projetée. Ils se rendaient comme je l'appris ensuite, à la chaumière d'une pauvre veuve au sort de laquelle il désirait inspirer de l'intérêt à miss Orville.

Lorsque je les eus perdus de vue, je descendis et je me promenai dans les bosquets qui entouraient la pièce de gazon, en attendant leur retour. Cet intervalle me parut bien long; enfin je les vis reparaître. Mistriss Belson marchait en avant à la distance d'une centaine de pas, et Caroline paraissait engagée

dans une conversation sérieuse avec sir
Henri.

Dès que mistriss Belson me vit, elle
s'avança vers moi en souriant, et d'un
air triomphant.

« Vous voyez ce qui se passe là bas,
me dit-elle: je sais qu'un tiers est de trop
en certaines occasions, et c'est pourquoi je les ai laissés. »

Ce discours me convainquit qu'elle
ignorait la nature de cette conférence, et
j'avoue que je jouis alors de la mortifica-
tion que je savais qu'elle éprouverait
quand elle en apprendrait le résultat, d'autant plus qu'elle me regardait fixement
en me parlant ainsi, pour se donner le
plaisir de voir mon trouble et mon embarras. Mais elle s'en flattait en vain; je
lui répondis d'un ton calme, mais avec
une teinte de sarcasme, que j'admirais
la manière dont elle savait pénétrer les
sentimens des autres.

« Y a-t-il des hommes assez dissimu-
lés? s'écria-t-elle, sentant mon ironie,

mais n'en devinant pas la cause ; vou-
driez vous me faire croire que vous ne
portez pas envie à sir Henri, en ce moment ? »

Ils étaient alors à vingt pas de nous.

« Non sur mon honneur, madame !
regardez-le, et dites-moi s'il a l'air de
devoir exciter l'envie ? »

Elle jeta les yeux sur lui, tandis que
voyant les joues de Caroline qu'avait décolorées la pénible nécessité d'ôter toute
espérance à sir Henri, se couvrir d'une
nouvelle rougeur en m'apercevant, et
m'accueillir d'un sourire, je me précipitai vers elle, et j'allais passer son bras
sous le mien, quand je m'arrêtai en ré-
fléchissant que je ne devais pas sans nécessité, faire une nouvelle blessure au
cœur de mon malheureux rival. Il remarqua ce ménagement, et faisant un
effort digne de lui, il prit ma main, la
joignit à celle de Caroline, sans prononcer un seul mot, et se déroba à nous
par une allée qui conduisait aux écu-
ries.

Mistriss Belson, le visage plus blême, pour me servir de son expression, que le mien ne l'avait jamais été, s'écria : « Sir Henri, sir Henri ! pour l'amour du ciel, expliquez-moi ce que tout cela signifie. » Elle courut après lui, le joignit, lui parla un instant, et revint sur ses pas, un mouchoir sur ses yeux. Caroline s'avança à sa rencontre; mais son amie se détourna en lui faisant signe de ne pas la suivre, et rentrant dans la maison, elle s'enferma dans son appartement.

Plus affectée que surprise, Caroline revint à moi, et me donnant le bras, nous rentrâmes dans les bosquets, où elle me fit le récit de ce qui s'était passé. C'était elle qui avait demandé à sir Henri un entretien particulier, et mistriss Belson qui lui soupçonnait un tout autre motif, s'était éloignée avec grand plaisir.

J'étais alors au comble de mes vœux; mon rival était congédié ; mes vœux avaient été favorablement accueillis, et

IV.   10

la nouvelle du départ de sir Henri que sir Charles Denham nous apprit en déjeûnant, ne put ajouter ni à ma satisfaction ni à mon triomphe.

Mistriss Belson n'étant pas descendue pour le déjeûner, dès qu'il fut fini Caroline alla la joindre dans son appartement, et la trouva contrariée au dernier point du congé signifié à sir Henri. Il fallut à miss Orville bien du temps, bien des efforts, bien de la patience pour la déterminer à souffrir ce qu'elle ne pouvait empêcher, et surtout à me recevoir en qualité d'amant accepté de son amie. Elle y réussit pourtant, et il me fut permis de me présenter devant mistriss Belson.

L'orage n'était pas encore appaisé. Il me fallut entendre ce que ma conscience me disait tout bas n'être que des vérités désagréables. Elle justifia la préférence qu'elle accordait à sir Henri Douglas, en disant qu'il était à son avis plus aimable que moi, et qu'il avait un meilleur caractère, pour ne rien dire de son rang, de sa

fortune, et de toutes les qualités qui atti-
rent ordinairement l'admiration. A son
grand étonnement, je convins qu'elle
avait raison, et je reconnus que j'étais
aussi surpris qu'elle-même que Caroline
eût été assez aveugle pour m'accorder la
préférence sur sir Henri.

En dépit de ses préventions contre
moi, elle parut charmée de ma franchise, et me présentant sa main, elle
me dit qu'elle croyait véritablement qu'a-
vec le temps je pourrais gagner son
amitié.

Je lui répondis que je l'espérais,
parce que sous un rapport important,
je ne le cédais en rien à Sir Henri,
c'est-à-dire par la sincérité de mon attachement pour son aimable amie dont
le bonheur serait l'étude constante de
toute ma vie.

Elle remua la tête d'un air à demi incrédule, et s'écria: « Nous verrons,
nous verrons. »

Ces paroles, dès ce moment même,
retentirent dans mon cœur, comme si

elles eussent été le funeste présage de
quelque grande calamité future ; malheureuse , malheureuse femme !

J'étais fâché que mistriss Belson dé-
sapprouvât si ouvertement mon mariage
avec Caroline, mais je ne pouvais lui en
savoir mauvais gré, parce que son oppo-
sition prenait sa source dans un vif intérêt, dans un intérêt que je dois appeler
clairvoyant , pour le bonheur de son
amie; elle s'était persuadée que, d'après
toutes les probabilités , mon caractère
ne la rendait point heureuse.

Qu'il me soit permis de citer ici à mes
lecteurs une petite anecdote qui m'est
personnelle afin de mettre un léger
contre-poids dans leur esprit au blâme
que les aveux qu'il me reste à faire ne
peuvent manquer de m'attirer. Le père
de mistriss Belson était intendant du
père de M. Orville. Il avait laissé à sa
fille une assez jolie fortune; mais l'inconduite d'un mari dissipateur finit par
la ruiner , et cette malheureuse femme
n'a pour vivre en ce moment qu'une

pension que je lui fais payer, sans qu'elle
sache quel est l'ami qui l'oblige. Mais re-
venons à mon histoire.

Caroline était depuis plus d'un mois
chez sir Charles, et j'y avais passé près de
quinze jours. Elle avait fixé à trois mois
l'époque de notre union, et comme sir
Charles était seul dans notre confidence,
je m'adressai à lui pour qu'il essayât de
la déterminer à abréger ce terme.

Ce bon vieillard y consentit de la meilleur grâce ; il ajouta même qu'il désirait
que sa fille d'adoption, la fille de son
ancien ami, fût mariée chez lui avant
qu'elle quittât sa maison, et malgré
tous les efforts de mistriss Bel on qui
prétendit que ce temps était indispensable pour nous bien connaître récipro-
quement, miss Orville consentit à en
retrancher un mois.

Je laissai à sir Charles le soin de ré-
gler toutes les conditions du mariage, et
je lui donnai carte-blanche pour qu'il
assurât à Caroline le douaire qu'il juge-
rait convenable. J'insistai seulement

pour que la totalité de sa fortune restât
à sa disposition, même pendant ma vie,
sans dépendre de moi en la moindre
chose, et sans que j'y eusse aucun
droit.

Sir Charles et Caroline firent également des objections à ce projet: sir
Charles parce qu'il n'approuvait pas
qu'une femme fût dans une indépendance absolue de son mari, et Caroline
parce que sa tendresse lui faisait trouver
des charmes à dépendre de l'être qu'elle
chérissait le plus sur la terre. Mais j'é-
tais résolu sur ce point, et sir Charles,
tout en blâmant ce qu'il nommait un
exemple pernicieux, fut obligé de céder, en félicitant Caroline sur la générosité de celui qu'elle allait épouser. Générosité! qu'il est aisé d'être généreux
de cette manière! mais il est une autre
sorte de générosité bien plus nécessaire
au bonheur de la vie domestique, et
cette vertu m'était absolument étran-
gère.

Quoi qu'il en soit, cette vertu imagi-

naire adoucit en ma faveur même le
cœur de Mistriss Belson. Au moins elle
la porta à me dire avec sa franchise ordinaire, que j'étais l'homme le plus
étrange qu'on pût voir, parce que je ne
lui permettais ni de m'aimer ni de me
haïr.

Je dois convenir que je donnai bientôt à l'amitié qu'elle portait à miss Orville, un juste sujet de penser que l'affection n'était pas le sentiment qui devait
l'emporter. Car dès que je me vis bien
assuré d'obtenir sa main, que tout obstacle se fut évanoui, que rien ne parut
pouvoir s'opposer à l'accomplissement
de mes désirs, je revins à la bizarrerie
de mon caractère, et la réserve, l'orgueil, la crainte de paraître céder à l'influence de qui que ce fût, reprirent leur
empire sur moi.

« Qu'ai-je fait ? me dis-je à moi-même:
j'ai agi contre toutes les règles que je
m'étais prescrites ; j'ai permis à une
femme, à la femme que je dois épouser,
de connaître tout l'empire qu'elle a sur

moi! je lui ai prouvé que ma santé même
dépend de ses bonnes graces! après
avoir été jusqu'à présent si fier de l'indépendance de mon caractère, je me suis
laissé entraîner par les émotions de mon
cœur, et j'ai souffert qu'une femme pût
se vanter de l'influence irrésistible que
ses charmes exercent sur moi! ce triomphe ne sera pas de longue durée, ajou-
tai-je, et finissant promptement ma
toilette, je descendis pour le déjeûner,
armé d'une gravité imperturbable.

A peine daignai-je rendre le sourire
de bienveillance et d'affection que Caroline m'adressa en me tendant la main,
dès qu'elle m'aperçut. Je vis ses traits
changer à l'instant, et mon amour-propre, je dois l'avouer, se trouva satisfait,
en voyant l'attention inquiète avec laquelle elle suivait mes regards qui ne se
portaient jamais vers elle. Elle attendait
un de ces coups-d'œil expressifs qui, en
un instant, instruisent deux amans de
leurs sentimens secrets, quand la distance ou les importuns qui les séparent,

ne leur permettent pas de s'en donner
l'assurance de vive voix. Elle était habi-
tuée à lire les miens dans mes yeux,
mais en ce moment mes yeux étaient
muets. Que signifiait un tel changement ?

Je finis par rougir moi-même de cette
conduite ; je lui adressai quelques questions indifférentes pour avoir occasion
de porter mes regards vers elle ; et quand
je vis ses beaux yeux bleus si pleins de
douceur prêts à se remplir de larmes, il
me fut impossible de persister plus long-
temps dans la résolution que j'avais for-
mée de lui marquer de la froideur, et
le déjeûner qui avait commencé sous de
sombres auspices se termina dans l'har-
monie et la gaieté.

Toute la compagnie qui s'était réunie
chez sir Charles en était partie depuis
quelques jours : il n'y restait que Caroline, mistriss Belson et moi.

Après le déjeûner, je vis la calèche de
sir Charles s'avancer vers la porte.

10*

« Que signifie cela? demandai-je :
quelqu'un se propose-t-il de sortir?»

« Vous avez donc oublié, me dit Caroline, que nous allons rendre visite à
de nouveaux mariés à neuf milles
d'ici ? »

— « Je ne l'ai jamais su, ou, si vous
me l'avez dit, je l'ai complètement oublié. Vous n'aurez pas chaud; le vent est
piquant. Et à quelle heure dois-je vous
attendre ? »

« Comment! dit Mistriss Belson ; ne
viendrez vous pas avec nous? — Non,
je ne m'y suis pas préparé ; je ne comptais pas sur cette visite; j'ai des lettres à
écrire. »

« Il faut donc bien des préparatifs,
monsieur, dit Mistriss Belson avec ai-
greur, pour qu'un amant se détermine
à suivre sa maîtresse? aux termes où
vous en êtes ensemble, votre premier
devoir n'est-il pas de l'accompagner? »

« Voyez, me dit sir Charles, voyez
comme l'amour de la domination est

naturel aux femmes! ne comptez plus sur votre indépendance, mon cher ami; vous voyez que vous faites déjà partie nécessaire de la suite de cette jeune personne. »

Les reproches de mistriss Belson et les plaisanteries de sir Charles me mécontentèrent également ; mon amour-propre s'en trouvait également blessé, et je me préparais à y répondre vivement, quand jetant les yeux sur Caroline, je la vis pâle et agitée d'une émotion qu'elle ne pouvait cacher. Il me resta assez d'humanité pour me contenir, et je fis un effort pour dire : « Quel est l'homme, sir Charles, qui ne renoncerait à son indépendance pour le plaisir d'être en semblable compagnie ? mais j'ai véritablement des lettres à écrire, j'en suis désespéré, et j'en fais mille excuses. Vous savez que vous pouvez faire cette visite sans moi. »

« Certainement, certainement ! dit mistriss Belson en avançant vers la porte. Votre présence ne nous est nullement nécessaire. Partons-nous, sir Charles?»

« Patience! Patience! répondit-il,
en boutonnant lentement sa redingotte,
tandis que miss Orville mettait son
schall, et nouait le cordon de son chapeau avec la même lenteur.

« Ayez soin de bien vous couvrir,
dis-je à Caroline, en mettant sa pèlerine
sur ses épaules, l'air est très-froid. J'espère que vous serez de retour avant la
brune? »

Elle ne me répondit rien. Son cœur
étoit plein, et si elle avait voulu parler,
elle aurait fondu en larmes.

« Allons, allons, venez avec nous, me
dit sir Charles, vous écrirez vos lettres
un autre jour. A ces mots il suivit mistriss Belson, et étant resté seul avec Caroline, je me trouvai comme un coupable à qui l'on va prononcer sa sentence. Plût à dieu qu'elle eût eu un peu
de l'énergie de son amie! je crois que je
me serais mieux conduit à son égard.
J'étais trop sûr de son affection pour la
mériter. Mais je m'écarte de mon sujet.

J'étais donc seul avec elle, et je voyais qu'une émotion pénible ne lui permettait pas de parler.

« Cela est fort contrariant ! dis-je en finissant d'arranger sa pélerine. »

« De quoi parlez-vous ? » demanda-t-elle d'une voix faible.

— « Des lettres qu'il faut que j'écrive. »

— « Oui, cela est contrariant ! » et elle s'avança vers la porte.

« Un moment ! m'écriai-je, un peu mortifié qu'elle ne me pressât point de l'accompagner. Je crois que je les remettrai à demain, et que je rejetterai sur vous la faute de ma négligence. Me permettez-vous d'alléguer cette excuse ? »

Elle ne répondit point, mais se tourna vers moi en m'adressant un tel sourire, tandis qu'une larme brillait dans ses yeux, qu'en la pressant contre mon cœur, je me promis de ne plus affliger à l'avenir un cœur si bon et si généreux.

« Eh bien ! s'écria mistriss Belson, en

me voyant monter en voiture, vos lettres sont-elles déjà finies? Si j'avais été miss Orville, je ne vous aurai certainement pas prié de m'accompagner. »

« Miss Orville ne m'en a pas prié, répondis-je, ne voulant point paraître avoir cédé à des sollicitations : je viens par suite du plaisir que je trouve à être près d'elle. »

« Bien ! bien ! dit sir Charles : je suis charmé que vous ayez fait céder vos affaires à votre inclination.

Mais ni mistriss Belson ni Caroline ne purent vaincre l'une le dépit, l'autre le chagrin que leur avait occasionné ce nouveau trait de bizarrerie, et toutes deux gardaient le silence par une cause différente. Je me mis donc en frais pour ranimer leur gaieté, et je cherchai par toutes les attentions possibles à guérir la nouvelle blessure que j'avais si cruellement faite à Caroline.

Le ressentiment ne pouvait vivre long-temps dans son cœur. C'était la plus douce des créatures humaines; trop douce pour l'homme à qui elle avait confié le soin de son bonheur : car la certitude d'obtenir le pardon me faisait multiplier les offenses. Nous n'eûmes pas fait deux milles qu'elle avait tout oublié, elle me parlait, me regardait avec la douce gaieté qui lui était habituelle; elle se communiqua même à mistriss Belson, et notre excursion finit par être fort agréable.

Je me conduisis bien la semaine suivante; mais avec mon caractère et le système que j'avais adopté, il était impossible que je ne retombasse pas dans mes fautes. Je pensai que j'étais trop complaisant, trop passionné, et que si je n'y prenais garde, je passerais bientôt pour être l'esclave d'une femme. Cette idée était insupportable, et je saisis la première occasion de prouver que je n'avais pas renoncé à mon indépendance.

Sir Charles avait promis pour lui et pour nous, sans me consulter, d'aller dîner chez des personnes qui me déplaisaient, ou plutôt dont la conduite me paraissait répréhensible. Je résolus de n'y pas aller, mais je ne fis connaître ma résolution que lorsqu'on fut prêt à partir. Je dis alors à sir Charles, qu'après y avoir bien réfléchi, je m'étais décidé à ne pas l'accompagner, attendu que les personnes chez lesquelles il allait ne me convenant point, et ayant dessein de n'avoir aucune liaison avec elles quand je serais marié, je trouvais cette visite assez déplacée; que d'ailleurs elle m'ennuyerait, et que je m'amuserais davantage en restant à la maison.

A ce discours inattendu, Caroline changea de couleur; mais elle parut plus indignée qu'affligée. Mistriss Belson après une exclamation de colère, eut assez de prudence pour sortir de la chambre et sir Charles se redressant d'un air d'humeur, me répondit ce qui suit :

« Je n'ai qu'une chose à vous dire, monsieur, c'est que je désire que tous ceux que je reçois chez moi agissent de la manière qui leur est le plus agréable. Je n'exige pas même d'eux un acte de civilité ou de justice. Mais vous me permettrez de vous faire observer que vous connaissiez depuis plusieurs jours l'engagement que j'avais pris pour vous et pour moi, et que votre silence a du être regardé comme une acceptation. Or quand on a accepté une invitation à dîner, c'est un devoir de s'y rendre, car on aurait pu destiner à quelque autre la place qui vous est réservée, et si vous et Caroline ne venez point, car elle vous a sans doute promis de rester avec vous....

« Moi, monsieur! s'écria Caroline : nullement. Je vous accompagnerai bien certainement. Je ne me permets jamais de rompre un engagement sous quelque prétexte que ce soit. »

« Oui! dit sir Charles : alors ma surprise augmente. Je vous dirai donc, monsieur, que comme on n'a déjà que trop parlé, et fort mal à propos, de mon ami et de sa femme, ce serait leur témoigner du mépris que de ne pas nous accompagner; et comme j'aimais et estimais leurs parens, je serais fâché qu'ils reçussent une insulte personnelle de la part d'un de mes hôtes. J'insiste donc, monsieur, pour que vous veniez avec nous, quelqu'*ennuyante* que cette visite puisse vous paraître. Mais je dois dire qu'en pressant un amant d'accompagner sa maîtresse, si je puis juger des jeunes gens d'aujourd'hui par ce que j'étais autrefois, je ne vous demande pas une chose bien pénible, bien difficile.

J'étais honteux et confondu, quoique de mauvaise humeur. Je vis que sir Charles était décidé à prendre mon refus pour un affront, et je ne voulais pas me brouiller avec un ancien ami pour une semblable bagatelle. Mais j'étais piqué contre Caroline. La manière dont elle avait parlé avait blessé mon amour-propre, et je résolus de lui faire sentir que mon changement de détermination n'avait pas pour motif le désir de l'appaiser. Je dis donc à sir Charles qu'il suffisait qu'il le désirât; et que mon intention n'étant pas de paraître manquer d'égards pour un de ses amis, j'allais prendre ma redingotte et partir avec lui.

Je sortis du salon sans regarder miss Orville, et pendant ma courte absence, sir Charles lui donna la main pour monter en voiture, cérémonie dont je désirais me dispenser, dans la mauvaise humeur qui me dominait.

On ne pouvait s'attendre que notre voyage fût bien agréable. L'égalité d'âme de sir Charles lui-même avait été troublée ; mistriss Belson, dans un coin de la voiture, me lançait des regards d'indignation ; Caroline blessée et affligée de ma conduite pouvait à peine retenir ses larmes ; et moi, coupable auteur de tout le mal, j'étais trop péniblement bourrelé des reproches de ma conscience pour rompre le silence qui régnait parmi nous. Heureusement le mauvais état de la route nous arrachait de temps en temps une exclamation qui renouait la conversation pour un instant. Mais rien ne put dissiper le sombre nuage dont le front de Caroline s'était couvert ; ses

lèvres ne s'ouvrirent pas une seule fois,
et quoique ses yeux fussent toujours fixés
sur les campagnes que nous traversions,
son esprit ne paraissait nullement occupé des objets extérieurs. J'aurais
donné la moitié de ma fortune pour
serrer sa main entre les miennes; mais
mon orgueil ne me permit seulement
pas de la toucher, et quoique assis tous
deux du même côté de la voiture, nous
nous étions retirés dans chaque coin
comme pour nous éviter mutuelle-
ment.

Enfin un cahot de la voiture, occasionné par une ornière profonde dans
laquelle une roue s'était enfoncée, jeta
Caroline contre une des glaces qui se
brisa et lui fit au front une légère égra-
tignure. Cette blessure n'était rien, et
un morceau de taffetas gommé suffit
pour arrêter le sang. Mais la frayeur
qu'elle éprouva, jointe à la situation d'esprit où elle se trouvait, redoubla son
agitation et nous fit craindre qu'elle ne
s'évanouît. Ce ne fut pas sur moi qu'elle

appuya sa tête défaillante, elle saisit la main de mistriss Belson, et parut recevoir avec reconnaissance les soins empressés de sir Charles. Il lui proposa de la reconduire chez lui, mais n'y voulant pas consentir, elle dit qu'elle se trouvait mieux et que cette légère blessure ferait excuser le trouble de son esprit.

J'étais plus contrarié que jamais, et je croyais lire dans ses yeux que j'étais parvenu à refroidir son attachement pour moi. Mais pourquoi m'étais-je conduit ainsi? C'était une question à laquelle je ne pouvais répondre d'une manière satisfaisante, même pour moi, et ne me trouvant en paix ni avec moi, ni avec les autres, je dis que je ne me sentais pas à mon aise, et que j'allais me placer sur le siège, à côté du cocher, à qui je criai d'arrêter.

Il était évident que c'était un prétexte pour me livrer à ma mauvaise humeur.

« Vous serez gelé, me dit sir Charles.

« N'importe ! répondis-je : je ne puis

tenir ici davantage, je sens que j'ai besoin d'air. »

Caroline me regarda d'un air de doute et pourtant d'inquiétude ; mais j'évitai de rencontrer ses yeux, et m'élançant hors de la voiture, en dépit des remontrances de sir Charles, je montai sur le siége du cocher. Peu d'instans après, sir Charles tira le cordon pour faire arrêter la voiture, et me dit que miss Orville avait tant d'inquiétude que je ne m'enrhumasse, qu'il me priait instamment de rentrer dans la voiture, d'autant plus que nous avions encore plus de trois milles à faire.

Mon obstination me suggéra un instant, mais seulement un instant, l'idée de tenir ferme, et la minute d'après j'étais dans la voiture assis à côté de Caroline dont les yeux mouillés de larmes se fixèrent aussitôt d'un air de reproche sur les miens. J'entendis ce langage comme elle entendit celui de mes regards, et sans nous être parlé, nous sentîmes que nous étions réconciliés. Sir

Charles s'en apperçut lui-même et parut plus à son aise, il n'y eut que mistriss Belson dont l'air sérieux, les gestes de dépit et le ton d'humeur annonçaient qu'elle conservait tout son ressentiment.

Nous arrivâmes à la fin de notre voyage et je sautai hors de la voiture pour aider les dames à descendre.

Mistriss Belson refusa ma main d'un air d'indignation. je craignais presque que Caroline n'en fît autant, mais je ne lui rendais pas justice. Son cœur m'avait pardonné, et ses actions étaient toujours dictées par son cœur. Lorsque je lui pressai la main quand elle descendit de voiture, en lui disant à voix basse: « Chère Caroline, me pardonnez vous? » Je sentis qu'elle pressait aussi la mienne, et le sourire plein de douceur qu'elle m'adressa fit rentrer la sérénité dans mon cœur. Je me trouvai comme enivré de plaisir, et j'eus pour le maître et pour la maîtresse de la maison plus d'attention et de prévenances que le bon Sir Charles n'osait l'espérer, à la grande satisfaction de la femme que j'aimais, autant qu'au désespoir de celle qui me détestait. Mistriss Belson garda un sombre silence pendant notre retour, mais la main de Caroline était dans la mienne, je lisais ses sentimens dans ses yeux, et rien ne manquait à mon bonheur.

Il était tard quand nous arrivâmes à la maison. Sir Charles et miss Orville se retirèrent presque aussitôt dans leur appartement. Je croyais que mistriss Belson allait en faire autant, mais à ma grande surprise, elle ferma la porte après eux, et se tournant de mon côté, m'adressa la parole en ces termes:

« Depuis que miss Orville vous a promis sa main, monsieur, voici la seconde preuve que vous nous donnez de votre mauvais caractère. Je ne sais point agir avec dissimulation, et je crois devoir vous déclarer que s'il m'est possible de l'empêcher, elle ne sera jamais votre épouse, quoique le jour de votre mariage soit fixé. Si c'est ainsi que se conduit l'amant, monsieur, que fera donc le mari? mon amie est trop douce, trop indulgente, trop sensible, pour épouser un homme tel que vous; ce serait renoncer à toute espérance de bonheur. Ce qui s'est passé aujourd'hui..... »

« Et que s'est-il donc passé aujourd'hui, madame, qui puisse justifier ce que vous me dites ? »

«Je conviens, monsieur, que le détail en paraîtra itune bagatelle; mais ce sont les bagatelles qui font le bonheur du mariage. On supporte plus facilement une forte blessure qu'on ne reçoit qu'une seule fois, qu'une piqûre d'épingle répétée à chaque instant. »

Je sentais au fond de l'ame la vérité de ce qu'elle me disait; je ne voulais pas en convenir, mais je ne trouvais rien à y répliquer. Au lieu d'y répondre; je lui dis d'un ton d'humeur: « Et croyez vous madame, que dans un cas semblable, votre intervention puisse être de quelque utilité ? »

« Oui sans doute, si je puis convain-

cre mon amie qu'elle ne doit pas vous
épouser. »

« Si vous pouvez la convaincre, lui
dis-je avec un sourire ironique, mais
c'est-là que je vous attends : » Et à ces
mots, je la saluai et me retirai.

Je ne me sentais pourtant pas aussi
sûr de ma conquête que je voulais le lui
faire croire, et quoique l'orgueil me
conseillât de ne rien changer à ma conduite, et me dît qu'il fallait ou que Caroline me prît avec mes défauts, m'ai-
mât malgré mes défauts, ou que notre
engagement fût rompu d'un consente-
ment mutuel, l'amour fut le plus fort,
et me détermina à agir avec miss Orville
de manière à ne laisser à la mauvaise
volonté de mistriss Belson aucun prétexte, aucune occasion de me nuire.

Je tins assez bien ma résolution ; car
il était impossible que ma bizarrerie ne
se montrât pas quelquefois par un air
de réserve et de froideur qui soumettait
à de cruelles épreuves le cœur affectionné

de Caroline ; mais dès que je voyais son front se charger d'un nuage un peu trop épais, je renonçais à mon système d'indépendance pour redevenir amant complaisant et attentif, et il ne fallait à miss Orville qu'un moment de plaisir pour oublier des journées entières de chagrin.

Enfin le jour de notre mariage arriva, et nous fûmes unis dans la chapelle du château de sir Charles. Nous partîmes aussitôt pour un petit domaine qui m'appartenait dans le Worcestershire, aux pieds des monts Malvern. Quel heureux voyage, et de quel bonheur il fut suivi! jamais je n'oublierai la félicité dont je jouis pendant les six semaines que nous passâmes dans un lieu où je n'ai plus osé mettre le pied depuis ce temps, de crainte qu'il ne me retraçât trop vivement des scènes perdues pour toujours. Rien ne manquait à son bonheur, car je ne cherchais pas alors à lui cacher mes véritables sentimens, je consentais qu'elle vît toute la force de mon atta-

chement pour elle , et pourquoi ? parce
que je n'avais pas d'autres témoins de
ce que j'appelais ma dégradation.

Reposons-nous un moment sur le
souvenir de ces jours d'une félicité qui
dura si peu , et recueillons nos forces
pour faire des aveux encore plus pénibles que ceux qui précèdent.

TROISIÈME PARTIE.

Des affaires m'appelèrent enfin à Londres , et nous y louâmes pour quatre
mois une maison meublée. Une des premières visites que nous y reçûmes fut
celle de mistriss Belson qui demeurait
habituellement dans cette ville. Je vis à
son air qu'elle ne s'attendait pas à recevoir de moi un accueil trop gracieux ;
mais elle fut agréablement surprise
quand lui prenant la main avec affection,
je lui dis qu'elle m'était chère par l'attachement qu'elle avait voué à mon épouse
et que je la verrais toujours chez moi
avec un nouveau plaisir. Des larmes de

sensibilité coulèrent des yeux de cette digne femme qui me remercia avec attendrissement, et un regard de Caroline me paya bien amplement d'un acte de politesse qui ne m'avait rien coûté...

Mais hélas! maintenant que j'allais me montrer dans le monde sous un nouvel aspect, en qualité de mari, mon malheureux caractère reprit le dessus, et quoique chaque jour me convainquît que le mariage n'avait fait qu'augmenter ma tendresse pour Caroline, je ne pouvais supporter l'idée qu'elle connût tout le pouvoir qu'elle avait sur mon cœur.

Lorsque j'eus reconnu que la froideur que j'affectais quelquefois, lui faisait craindre que l'indifférence n'eût succédé dans mon cœur à l'amour, ce fut pour moi un triomphe dont j'eus la bassesse de jouir. Mon orgueil était charmé de voir cet être chéri épier chaque expression de ma physionomie pour juger des sentimens de mon cœur à son égard, et lorsque mes yeux lui peignaient

une partie de ma tendresse, un air de
reconnaissance et d'affection lui prêtait
un tel charme, que je ne sais comment
je ne cherchais pas à l'en revêtir plus
souvent. Il est pourtant certain que plus
je sentais que mon bonheur dépendait
entièrement d'elle, plus je m'attachais à
faire parade d'indépendance. Si elle désirait que je l'accompagnasse dans une
société, en ajoutant qu'elle n'y goûte-
rait aucun plaisir sans moi, je lui répon-
dais, même quand j'avais dessein d'y
aller: « Je ne sais si cela me sera possible, vous feriez bien de vous assurer
de quelques amis. » D'autrefois je fei-
gnais de ne pouvoir partir avec elle, et
j'avais soin d'arriver fort tard, afin d'a-
voir le plaisir de la trouver assise près
de la porte, épiant mon arrivée. Et
comment payais-je cette tendre sollici-
tude? Prenant un air froid qui était bien
loin de mon cœur, ou je lui parlais un
instant d'un air distrait en feignant de
m'occuper de toute autre chose, ou je
me contentais de lui faire un signe en

passant, et je m'avançais à l'autre bout
de la salle, ayant toujours soin de choisir un endroit d'où je pusse l'apperce-
voir, afin de jouir du plaisir de voir ses
regards dirigés sur moi, et me suivant
constamment partout. Enfin quand je
retournais vers elle, c'était encore avec
un nouveau sourire qu'elle m'accueillait
toujours.

Après quelques mois de séjour à Londres, nous nous rendîmes à ma demeure
habituelle, près de la ville où j'avais
commencé à la connaître. Je continuai
si bien à suivre mon système de lui donner de temps en temps des marques de
froideur qu'elle finit malheureusement
par se persuader que ma tendresse pour
elle n'était pas égale à la sienne, et que
tandis qu'elle n'avait pas une pensée qui
ne fût pour moi, l'indifférence s'éta-
blissait peu à peu dans mon cœur.

Et cependant jamais la main prodigue
de la nature n'avait formé un être plus
digne d'être adoré. Mais l'humilité ac-
compagne toujours le vrai mérite, et

elle s'accusait elle-même de ne pas savoir mériter plus de tendresse. Ce
qui est encore plus incroyable, c'est
que moi qui la chérissais de toute mon
ame, moi qui la voyais chaque jour
souffrir de la crainte de n'être pas aimée,
à qui elle montrait quelquefois u ne
tendre inquiétude à ce sujet, j'avais la
cruauté de la laisser dans cette funeste
erreur, et quand un mot de tendresse
aurait banni ses doutes et rétabli la paix
dans son ame, j'étais assez barbare pour
ne pas le prononcer, de crainte qu'elle
ne connût tout l'empire qu'elle avait sur
moi.

Après avoir reçu et rendu les visites
de tous les principaux habitans de la
ville, nous résolûmes de borner notre
société à un petit nombre de personnes,
et même de ne les voir que par invitations, afin de nous débarrasser de la
compagnie si ennuyeuse des oisifs, et
de pouvoir passer nos soirées ensemble
d'une manière agréable et instructive.
Caroline travaillait ou dessinait tandis

que je lui faisais quelque lecture intéressante, et le temps planait sur nous
avec des aîles rapides. Mais quoique je
lui consacrasse ainsi toutes mes soirées,
et qu'il fût évident que je ne désirais pas
d'autre compagnie que la sienne, je
trouvais encore moyen de donner des
inquiétudes à cet être trop aimant et
trop susceptible, par des bagatelles qui,
comme me l'avait bien dit mistriss Belson, sont l'écueil du bonheur dans le
mariage. Et de quelle utilité était pour
ma malheureuse femme ce trésor de
tendresse amassé précieusement dans
mon cœur, et que j'employais tous mes
soins à y bien cacher? c'est comme si
j'avais désiré lui laisser à ma mort un
immense revenu, en lui refusant pendant ma vie une guinée pour l'empêcher
de mourir d'inanition.

Quelques mois après notre retour
dans cette ville, Caroline eut la pers-
pective de devenir mère, et quoiqu'il
fût impossible que mon affection pour
elle augmentât, plus le moment de sa

11*

délivrance approchait , plus mes inquiétudes me faisaient sentir combien elle m'était chère; et ce fut avec un chagrin que je cherchai soigneusement à lui cacher comme si c'eût été une faiblesse, que je me vis forcé à la quitter pour une affaire importante , environ un mois avant l'époque où elle devait me rendre père.

Mais en dépit de tous mes efforts , je ne pus réussir à cacher mon chagrin à l'instant de mon départ , et je suis sûr que la joie que Caroline éprouva en voyant combien elle m'était chère, l'emporta sur le regret avec lequel elle me voyait partir. Cependant, fidèle à mes principes , je ne pus me résoudre à lui promettre que je lui écrirais aussitôt mon arrivée à Worcester où je me rendais , et tournant ses inquiétudes en ridicule je la laissai dans l'incertitude sur ce que je comptais faire. Elle voulut me conduire elle-même jusqu'à la diligence, et remarqua que j'étais le seul voyageur dans la voiture, les autres ayant préféré prendre les places extérieures. Je fus pourtant joint en route par un compagnon de voyage que je quittai à quelques milles de Worcester, ayant à parler à un ami qui demeurait en cet endroit, de l'affaire qui m'appelait en cette ville. J'avais bien le temps d'écrire à Caroline, je désirais le faire, mais un désir plus puissant m'en empêcha, celui de lui prouver que les siens n'étaient pas des ordres pour moi. Je résolus donc de ne lui écrire que lorsque je serais arrivé à Worcester, c'est à dire le surlendemain. Mais une justice rétributive ne tarda pas à me punir sévèrement d'un sentiment si bas.

Le hasard voulut que la diligence versât un quart-d'heure après que je l'eus quittée, et que mon malheureux compagnon de voyage en voulant s'élancer dehors, fut tué sur la place. Cette nouvelle fut mise dès le lendemain dans les journaux, qui ne manquèrent pas de mentionner la circonstance que le seul voyageur qui se trouvât dans l'intérieur de la voiture avait perdu la vie. Ma femme déjà inquiète de n'avoir pas reçu de lettre de moi par le premier courrier, lut cet article; elle m'avait vu partir *seul* dans l'intérieur de la voiture, elle en conclut que je n'existais plus, tomba dans d'affreuses convulsions pendant lesquelles elle accoucha d'un enfant mort, et en quelques heures sa vie fut dans le plus grand danger.

Ce châtiment peut paraître trop rigoureux pour une faute dont je ne pouvais pas prévoir les conséquences terribles. Mais ne savais-je pas qu'en n'écrivant point, je blesserais la sensibilité de l'être qui attendait de moi tout son bonheur ? ne savais-je pas qu'en écrivant je ferais battre de plaisir un cœur qui ne respirait que pour moi ?

Avec quelle précaution ne devons nous pas user du pouvoir qui nous est confié de faire naître à notre gré la peine et le plaisir! quel dépôt peut être plus sacré que celui du bonheur d'un autre ? Ah! que personne n'ose serrer les nœuds

augustes du mariage, s'il ne sent tout le
poids de cette terrible responsabilité...

Pardon de mes digressions, lecteurs;
mais je cherche involontairement à re-
tarder le plus qu'il m'est possible, les
aveux que j'ai encore à faire.

Un autre journal nommait l'infortuné qui avait perdu la vie, et annonçait
que je n'avais échappé à cet accident que
parce que j'avais quitté la diligence quelques momens avant qu'il arrivât. Mistriss
Belson qui dès le premier moment était
accourue près de ma femme apprit cette
circonstance, et me dépêcha un exprès
qui me trouva à Worcester occupé à
écrire à Caroline.

La nouvelle qu'il m'apportait me
plongea dans un désespoir qui tenait de
la frénésie. Je maudis mille et mille fois
mon orgueil et ma cruauté, et je leur
attribuai, à juste titre, le malheur affreux
qui m'arrivait. La diligence partait en ce
moment, et j'y entrai dans un état que
je n'entreprendrai pas de décrire. Ce
fut bien pis encore quand j'arrivai à ma

porte, quand je vis fermées ces fenêtres
où j'avais vu tant de fois ma femme épier
mon retour, après une absence seulement de quelques heures. Je me précipitai dans la maison comme un homme
privé de raison; mais mistriss Belson,
avant que j'eusse pu lui parler me délivra
d'un grand poids en me disant : « Elle
est mieux, et je ne doute pas qu'en vous
voyant, elle n'aille tout-à-fait bien. »

Je fondis en larmes, et elle eut la précaution de me quitter pour aller préparer
Caroline à me recevoir, et la prévenir
de mon arrivée. Le médecin qui était en
ce moment avec elle permit cette entrevue, à condition que ma femme ne par-
lerait point. J'entrai dans sa chambre en
tremblant; elle avait promis de garder
le silence, mais quand elle me vit, quand
elle eut devant les yeux celui dont elle
avait pleuré la mort avec des larmes si
amères, elle ne put contenir sa joie :
elle s'écria : « Il est donc vrai! vous ne
m'avez pas trompée! il vit! il vit! ô mon
Dieu, que je vous remercie! »

A ces mots ne pouvant supporter
l'excès de son émotion, elle s'évanouit;
cet état de faiblesse qui dura long-temps,
nous causa des alarmes. Elle revint enfin
à elle, goûta quelques heures de sommeil calme et doux, et fut déclarée hors
de danger.

« Nous avons perdu notre enfant, »
me dit-elle douloureusement le lendemain, tandis que j'étais assis près du
chevet de son lit.

« Mais vous êtes sauvée, lui répondis-
je : c'est assez de bonheur pour moi. »

Oui, pour cette fois, je laissai parler
mon cœur sans contrainte, et je rougis
encore quand je pense aux larmes de
tendresse et de gratitude qui m'en payè-
rent, quoique je le méritasse si peu.

Elle garda la chambre un mois. Au
bout de ce temps, elle était si faible, si
changée qu'on me conseilla de lui faire
prendre les bains de mer, et pour lui
assurer plus de tranquillité; je choisis
l'endroit le moins fréquenté.

Elle me fit quelques objections à ce

projet, uniquement par amour pour
moi. Elle craignait, me dit-elle, que je
ne m'ennuyasse dans un lieu si isolé.

La cruelle expérience que je venais de
faire, n'était pas encore oubliée, et je
ne lui refusai pas la satisfaction de m'entendre dire, que le rétablissement de sa
santé était le seul but de mon voyage,
et que peu m'importait l'endroit où je
me trouverais, pourvu que je fusse près
d'elle. Elle me remercia comme si je lui
eusse accordé une faveur. O Caroline!

Lorsque nous partîmes, elle était encore d'une telle faiblessse, qu'il fallut la
transporter dans la voiture, et cette vue
renouvela mes regrets et mes remords.
Je ne les avais pas cachés à mistriss
Belson, et ils étaient tels qu'ils firent ma
paix avec elle: mais je ne pus jamais me
résoudre à les exprimer à Caroline, et
je suis convaincu que si j'avais essayé
de le faire, elle m'aurait fermé la bouche,
par excès de tendresse pour moi.

La vue de Caroline si long-temps languissante, ma conscience qui me repro-

chait tout bas d'en être la cause, m'avaient
pourtant fait dévier considérablement
dans mon système favori, et lorsque,
dans la voiture, elle me dit, avec la dé-
fiance d'elle-même qui lui était habituelle : « Je regrette que vous ne m'ayez
pas laissé partir sans vous, je suis sûre
que vous auriez préféré retourner à
Worcester; il sera si ennuyant pour
vous de passer toutes les journées avec
moi, sans livres, sans société; » je ne
pus m'empêcher de lui répondre :
« Chère Caroline, peut-il me manquer
quelque chose quand je suis avec vous?
puis-je avoir un autre desir que celui de
vous revoir bien portante? » Et en parlant ainsi j'imprimai un ardent baiser sur
son front qu'elle avait appuyé sur mon
épaule.

Comme elle eut l'air heureux pendant
ce voyage! comme elle dormait paisible-
ment sur mon sein! Quand elle s'éveil-
lait, elle me trouvait veillant près d'elle,
et elle me disait qu'elle voudrait être
toujours malade, pour se trouver tou-

jours l'objet de si tendres soins. En un mot elle se trouva si certaine d'être aimée qu'elle avait presque recouvré ses forces avant que nous fussions arrivés à notre destination, et je suis convaincu que mes attentions contribuèrent à sa guérison plus que les bains et le changement d'air.

Mais ces attentions ne continuèrent pas quand je l'eus ramenée chez moi, en apparence aussi bien portante que jamais. Ce n'est pas à dire précisément que j'en manquasse totalement, mais mon caractère me portait toujours aux mêmes inégalités de conduite, et l'inépuisable sensibilité de Caroline les lui rendait toujours aussi difficiles à supporter.

Nous avions été invités à passer quelques temps à la campagne d'un ami, à une distance assez considérable, et nous avions accepté cette invitation. J'avais continué à suivre le barreau, parce que je ne voulais pas être regardé comme un oisif, et que je désirais avoir un état

dans le monde. Il me survint en ce moment une affaire dont je ne pus refuser
de me charger, et je fus obligée de renoncer au voyage projeté. Caroline me
demanda à rester aussi.

« Croit-elle donc qu'il me soit impossible de me passer d'elle un instant ? »
pensai-je : et j'insistai si fortement pour
qu'elle partît, que son air m'annonça
qu'elle s'imaginait que son absence me
serait agréable, et elle se prépara à partir
avec cet affreux serrement de cœur qu'on
ne peut concevoir sans l'avoir éprouvé.

« Vous m'écrirez ? me dit-elle en
montant en voiture.

— « Cela dépendra de la longueur
de votre séjour. »

— « Je reviendrai quand vous le vou-
drez. La semaine prochaine, si vous le
voulez. »

— « La semaine prochaine ? non. Ce
ne serait pas la peine de faire un tel
voyage. »

— « Mais comme vous ne serez pas

avec moi, vous savez que je ne puis
espérer aucun plaisir. »

— « Oh! quand vous y serez une fois,
je suis sûr que vous vous amuserez, et je
ne m'attends pas à vous revoir avant un
mois. »

« Peut-être ne le désirez-vous pas? »
dit-elle avec timidité.

Je ne lui répondis que par un sourire
ironique, et je fis signe aux postillons
de partir. Je vis des pleurs briller dans
ses yeux à l'instant où la voiture s'éloignait, et je me fis plus d'un reproche à
moi-même. J'avais envie de crier aux
postillons d'arrêter, pour dire à Caroline
que je ne serais heureux qu'à son retour,
mais il était trop tard, et je la laissai
partir agité par l'inquiétude et le doute,
et croyant presque que je n'étais pas
fâché de me débarrasser d'elle pour
quelque temps. Je rentrai dans la maison
mécontent de moi-même, mais je me
consolai en pensant que je pourrais la
rappeler quand je le voudrais, et en me

promettant de lui écrire de la manière la plus tendre.

Elle arriva sans accident à l'endroit de sa destination, comme je l'appris par une lettre affectueuse qu'elle m'écrivit le jour même de son arrivée.

Si cette lettre eût été moins tendre, j'y aurais peut-être mieux répondu. Mais les hommes ne savent pas employer aussi bien que les femmes le langage du sentiment : ils ne connaissent pas ces nuances délicates d'affection qu'elles entendent si bien, et qu'elles sont si souvent blessées de ne pas trouver dans l'objet de leur attachement. Il existait deux écueils contre lesquels venait inévitablement échouer le bonheur de Caroline : l'un c'est qu'elle ne pouvait concevoir que je l'aimasse, parce que mon amour n'était pas aussi démonstratif que le sien, et qu'elle croyait qu'on ne pouvait véritablement aimer, sans en donner des preuves comme elle : l'autre c'est qu'elle se méfiait trop d'elle-même, et qu'elle ne pensait pas pouvoir inspirer un attachement semblable à celui qu'elle éprouvait.

Quoi qu'il en soit, je répondis à Caroline, mais d'un style froid et contraint, et je ne l'ignorais pas : je ne me sentais pas en état d'écrire comme elle, et voyant que mes expressions seraient de glace auprès des siennes, je n'essayai pas de faire une lettre de sentiment. Je ne cherchai même pas à combattre par des assurances contraires, l'opinion qu'elle avait conçue que je désirais son absence, et qu'elle me faisait sentir avec délicatesse. Cette partie de sa lettre était la seule à laquelle elle desirât une réponse ; je n'en pouvais douter, et je la passai entièrement sous silence.

C'était avec cette froide cruauté que je me jouais en toute occasion de la tendresse humble et craintive d'une femme qui avait mis en moi toutes ses espérances de bonheur. Hélas! le pouvoir, le pouvoir dont on sait qu'on est revêtu, corrompt tous les hommes, depuis le despote assis sur son trône, jusqu'au tyran domestique au milieu de sa famille. Mon despotisme s'était établi sur son esclavage volontaire ; je la tyrannisais, parce que je pouvais le faire avec impunité. Je dois pourtant dire qu'elle aurait dû avoir plus de confiance en elle et en moi, et que si l'excès de sa tendresse ne l'eût empêchée de faire usage de sa pénétration ordinaire, elle aurait reconnu que je l'aimais autant que j'étais capable d'aimer, et qu'elle seule remplissait tout mon cœur : mais au lieu de reconnaître cette vérité, elle se tourmentait de craintes et d'inquiétudes qui n'avaient pas le moindre fondement.

Ce n'est pas que je croie par ces observations me mettre à l'abri du blâme. Je connaissais la maladie de son esprit, j'aurais pu y appliquer le remède convenable, et j'étais coupable de ne pas le faire. Je savais qu'il ne fallait pour la rendre heureuse que quelques paroles affectueuses, quelques assurances de tendresse ; mais un malheureux caraclère que je ne pouvais vaincre, venait toujours à la traverse : je ne pouvais la rendre heureuse à sa manière, et elle ne pouvait l'être à la mienne.

Une semaine se passa, et Caroline m'écrivit pour me demander à revenir.

Je m'y refusai, et j'insistai pour qu'elle restât davantage. Une autre semaine s'écoula, et je ne ne pus pas encore me décider à la rappeler.

« Je ne me flatte pas de manquer à votre bonheur, » me dit-elle alors dans une de ses lettres; « je suis même sûre du contraire, car sans cela vous m'auriez rappelée près de vous comme je le desirais. Je ne vous importunerai plus à ce sujet : je resterai ici tant que je le jugerai convenable, et alors si vous desirez encore mon absence, j'irai faire une visite ailleurs. »

Je répondis à sa lettre, mais sans lui dire un mot pour la désabuser; il aurait fallu lui avouer que son absence m'était pénible, et mon orgueil se révoltait contre cet aveu. Il était pourtant

très-vrai que je desirais vivement son
retour, quoique je ne voulusse point
paraître le souhaiter. Ce ne fut qu'au
bout de cinq semaines qu'elle m'écrivit
pour m'annoncer le jour de son arrivée.

Avec quelle impatience j'attendis son
retour! le jour où elle devait arriver,
je ne pouvais rester en place; j'allais
du jardin à la maison et de la maison
au jardin, et pendant les deux dernières
heures qui précédèrent son retour,
je restai à une fenêtre, le corps à demi
penché en dehors pour guetter la voiture qui devait la ramener.

Je l'aperçus enfin, et je me précipitai vers la porte pour l'aider à descendre de voiture. Je la vis, ses yeux
étaient humides, son sourire était forcé,
et il régnait dans tous ses traits une
expression de chagrin et de résignation
qui me perça le cœur, et qui me porta
à lui prodiguer les plus vives marques
de tendresse. Un éclair de plaisir brilla
dans ses yeux; mais il s'évanouit à la

première question que je lui fis, si
elle s'était amusée pendant son voyage,
elle n'y répondit qu'en versant un tor-
rent de larmes, dont je n'eus pas besoin
de lui demander la cause, et sous prétexte de fatigue, elle courut se réfu-
gier dans sa chambre.

Quand je la revis, elle était plus calme;
mais ses yeux gonflés et ses joues décolorées prouvaient qu'elle avait passé
dans les pleurs le temps qu'elle semblait vouloir consacrer au repos.

Quelques mois se passèrent, et je
continuai à suivre le plan de conduite
que j'avais adopté, chérissant Caroline
plus que tout au monde, et ne craignant rien tant que de lui laisser voir
ma tendresse dans toute son étendue.
Elle devenait plus pâle de jour en jour;
mais j'y pensais peu, parce qu'elle ne
se plaignait point, et que j'avais pour
habitude de détourner mes idées de
tout objet qui aurait pu m'affecter désa-
gréablement, ressource ordinaire de
l'égoïsme.

Je fus obligé de faire un nouveau voyage dans le Worcestershire. L'affaire qui m'y appelait pouvait durer plusieurs semaines, ou se terminer en quelques jours. Je m'aperçus qu'elle desirait y aller avec moi; mais elle ne m'en parla point, et je me contentai de l'engager à prier mistriss Belson de venir passer avec elle le temps de mon absence : elle n'en voulut rien faire parce qu'elle savait qu'elle avait montré quelque froideur à son ancienne amie qui s'en était offensée, et qui avait presqu'entièrement cessé de la voir.

Je ne doutai point que mistriss Belson n'en rejetât la faute sur moi. Je n'en étais pourtant coupable qu'indirectement. La vérité était que Caroline craignant que sa clairvoyante amie ne découvrît qu'elle était malheureuse et que j'en étais la cause, s'éloigna d'elle peu à peu à dessein, et sacrifia l'amitié à ce qu'elle regardait comme un devoir.

Le jour de mon départ arriva, et la

santé de Caroline me parut si mauvaise que j'eus peine à me décider à la
quitter ; si elle m'avait témoigné le
moindre desir de m'accompagner, j'y
aurais certainement consenti. Mais je
ne pouvais me résoudre à lui donner
lieu de penser, en lui en faisant la proposition, que je ne pouvais me passer de
sa compagnie, et son esprit était tellement prévenu de l'idée que je préférais
ne pas l'emmener, qu'elle n'osa me demander à me suivre. Je partis donc,
après lui avoir recommandé plusieurs
fois de m'écrire souvent.

Existe-t-il des pressentimens, ou l'air
souffrant que je remarquai en ce moment plus que jamais en Caroline suffit-
il pour expliquer l'agonie que j'éprouvai en m'éloignant d'elle ? Quand je vis
cette femme chérie rester à la porte
pour suivre des yeux la voiture aussi
long-temps qu'elle put l'apercevoir, je
pensai à retourner sur mes pas et à
l'emmener avec moi ; mais l'espérance
de pouvoir revenir dans quelques jours

m'en empêcha, et je continuai ma route.

La nécessité de m'occuper de l'affaire qui avait causé mon voyage contribua d'abord à me distraire des sombres idées qui m'occupaient malgré moi, et comme je reçus une lettre de Caroline qui me mandait que sa santé n'était pas pire, si elle n'était pas meilleure, je repris un peu de tranquillité; mais je vis avec peine que mon absence serait beaucoup plus longue que je ne me l'étais imaginé.

Les semaines se succédaient sans que j'entrevisse même la fin de l'affaire désagréable qui me retenait. Elle prenait tous mes instans, et occupait tellement toutes mes pensées que mon esprit en étant plein même lorsque j'écrivais à Caroline; mes lettres que je voulais rendre tendres et affectueuses étaient pleines de sécheresse et de froideur. Bientôt, à ma grande surprise, ses lettres devinrent de plus en plus courtes; elle cessa de me témoigner le desir de recevoir de moi de promptes réponses; on aurait dit qu'elle avait emprunté mon style, et que ses expressions de tendresse auparavant si brûlantes, se glaçaient lorsqu'elle voulait les tracer sur le papier : son écriture même devint méconnaissable et presque illisible; enfin toutes ces circonstances réunies m'alarmèrent tellement, que je déclarai que si l'affaire pour laquelle j'étais venu ne se terminait pas avant trois jours, je la laisserais finir par quiconque voudrait s'en charger.

Le lendemain du jour où j'avais pris cette résolution, je reçus une lettre d'un vieux domestique qui avait toute ma confiance et qui me mandait qu'il était certain que sa maîtresse était mal, fort mal, quoiqu'elle ne voulût pas en convenir ; qu'elle avait pourtant fait venir un médecin qui, en sortant, avait secoué la tête d'une manière inquiétante; qu'enfin il avait cru de son devoir de me donner cette information. Je reçus une lettre de Caroline par le même courrier. Elle me disait qu'elle avait été malade, qu'elle l'était encore, mais qu'il était vraisemblable qu'elle serait bientôt mieux, parfaitement bien, et qu'elle m'engageait à ne pas accélérer mon retour pour cette raison.

Je fus en proie aux plus vives alarmes, après avoir lu ces lettres. Celle de mon domestique était déjà assez inquiétante; mais je trouvais dans celle de Caroline des expressions encore plus terribles. Que voulait elle dire en m'écrivant *qu'elle serait bientôt mieux, parfaitement bien ?*

Je me trouvai absolument incapable de m'occuper davantage d'affaires, et je résolus de partir le lendemain après l'arrivée du courrier. Il m'apporta trois lettres. L'une était du médecin qui m'invitait à revenir, ma femme se trouvant dans une situation très-inquiétante.

L'autre était de mon domestique. « Partez à l'instant, Monsieur, me disait-il, si vous voulez retrouver ma pauvre maîtresse vivante. »

Caroline m'écrivait aussi. Sa lettre était longue, l'écriture en était encore plus mauvaise que celle de ses dernières lettres, et il était évident qu'elle avait été faite à plusieurs reprises. Voici comme elle était conçue:

« On vous trompe mon bien-aimé, si l'on vous dit que vous pouvez arriver à temps pour me revoir avant que je rende le dernier soupir: je sens que la dernière étincelle de ma vie sera éteinte avant que cette lettre vous parvienne. Recevez donc les derniers adieux que je vous trace d'une main tremblante, mais avec une ame ferme. Pardonnez-moi les erreurs dans lesquelles m'a entraînée une affection trop vive, qui ont aliéné de moi votre tendresse, et qui ont détruit votre tranquillité et ma santé. Mais la punition est juste et je baise humblement la verge qui me châtie.

« J'avoue que j'ai été une épouse trop exigeante, mais il ne faut l'attribuer qu'à un excès d'amour. Ce n'est pas que je regarde cette excuse comme suffisante;

qu'une femme nuise au bonheur de son mari par sa mauvaise humeur, ou par trop de sensibilité, elle n'en est pas moins coupable.

« Pourquoi n'ai-je pu me contenter d'être aimée de vous autant que vous pouviez aimer? pourquoi ai-je eu la faiblesse de désirer que vous fissiez, comme moi, de votre tendresse, l'importante, la seule affaire de votre vie? pourquoi n'ai-je pas songé avant qu'il fût trop tard qu'une vertu même devient un défaut quand elle est portée à l'excès? quand je lisais ce commandement respectable « Tu n'adoreras que ton Dieu, » combien de fois ne me suis-je pas reproché la véritable idolâtrie avec laquelle je chérissais votre image ; mais je versais en vain des larmes de repentir, cette image si chérie l'emportait toujours sur mes remords.

« Ces heures que j'employais autrefois à des œuvres de bienfaisance, à cultiver quelques talens, combien de fois les ai-je

passées à gémir sur votre indifférence,
à former des plans pour regagner votre
ancienne tendresse!

« Mais j'avais le cœur trop sensible,
la conscience trop timorée, la consti-
tution trop fragile, pour pouvoir résister long-temps à ces combats intérieurs,
et j'ai trouvé dans ma faiblesse même,
mon châtiment et la fin de mes maux.

« Mais faut-il donc mourir sans vous
voir encore une fois! c'est peut-être un
sage décret de la providence. Si je croyais
que vous me vissiez expirer avec moins
de regret que n'en mérite ma vive tendresse, ce chagrin fixerait encore sur
vous mes dernières pensées et les déro-
berait à mon Dieu; et si vos regrets étaient
trop vifs, votre affliction trop sévère, je
déplorerais même en mourant le chagrin
que je vous occasionnerais.

« Oui c'est une faveur de la volonté
divine qui a ordonné que vous ne puissiez me voir que lorsque le froid de la
mort aura calmé mes passions ardentes,

et vous aurez la satisfaction de savoir
que cette ame agitée a enfin trouvé un
lieu de repos.

« Puissiez vous vivre long-temps et
heureux! puissiez vous être uni à quelque femme plus fortunée, qui vous aime
assez pour votre bonheur, et qui ne
vous chérisse pas trop pour le sien ! j'ai
été bien faible, j'ai eu bien des fautes à
me reprocher, ainsi ne vous en blâmez
pas vous-même, songez que c'est ma
dernière prière. Mes yeux s'obscurcis-
sent, il faut que je finisse, recevez ma
dernière bénédiction.

CAROLINE. »

Le désespoir me donna de l'énergie
et des forces. Je ne parlai à personne,
je courus à la poste, je louai le meilleur
cheval que je pus trouver, et j'allai au
grand galop tant qu'il put me conduire.
Le second me conduisit à ma porte. Elle
était entourée d'un groupe de femme,
de vieillards, d'enfans qui parlaient de
Caroline, de leur bienfaitrice, de leur

amie, qui demandaient de ses nouvelles, qui faisaient pour elle des vœux ardens. Ils s'écartèrent pour m'ouvrir un passage. « Que le ciel vous console ! » s'écrièrent-ils. J'entrai dans la maison, mon fidèle Williams accourut vers moi.

« Oh! Monsieur, s'écria-t-il, je crains bien..... » Je n'en entendis pas davantage, j'étais déjà au haut de l'escalier. Deux servantes qui sanglotaient me conjurèrent de ne pas entrer dans la chambre, je m'y précipitai ; j'y trouvai le médecin et la garde, et je lus sur leur visage que tout espoir était perdu.

Comment peindre le désespoir que j'éprouvai quand je me jetai à genoux près du lit où je trouvais cet être si chéri, pâle et privé de mouvement. Je m'écriai que je ne pouvais ni ne voulais lui survivre. Le médecin voulut m'entraîner hors de la chambre, je lui résistai, je me précipitai sur le corps de Caroline, je pressai ses lèvres froides contre les miennes, je la serrai contre mon cœur, je lui prodiguai toutes les épithètes de

tendresse que mon cœur put me sug-
gérer, je la conjurai de m'adresser un
seul mot, de m'accorder un dernier
regard.

Cette voix, ces accens arrêtèrent son
ame fugitive, et lui rendirent le sentiment. Elle entrouvrit les yeux, me vit,
me reconnut, et faisant un effort pour
passer autour de mon cou son bras déjà
glacé par la mort: « Vous m'aimez donc
encore? me dit-elle: Je suis plus heureuse en mourant.... » Elle n'en put
dire davantage, je sentis tomber le bras
qui me pressait, et ce fut en m'adressant un sourire qu'elle rendit le dernier
soupir.

Je n'ai conservé aucun souvenir de
plusieurs mois d'existence qui suivirent
cet affreux événement. Quand je repris
l'usage de mes facultés, ce ne fut que
pour sentir toute l'étendue de la perte
que j'avais faite, et pour me livrer à des
regrets d'autant plus violens, qu'ils
étaient accompagnés de remords. J'étais
alors chez sir Charles Denham qui m'a-

vait fait transporter chez lui , et dont
l'amitié avait veillé sur moi pendant
tout ce temps ; je lui témoignai le désir
de retourner chez moi, et il me reconduisit lui-même dans cette maison dont
j'avais fait un désert affreux.

Il se passa quelques jours avant que
sir Charles pût se déterminer à me quitter , et quand il partit, il donna ordre
à mon fidèle Williams de me perdre de
vue le moins possible. Ces précautions
auraient été inutiles, comme elles le
sont toujours , si j'avais eu quelque projet de suicide; mais la religion m'avait
appris que c'était un devoir pour moi
de souffrir des maux que je m'étais
attirés.

J'eus enfin le courage d'entrer dans
l'appartement de Caroline qui avait été
fermé à l'instant de son décès , par ordre de sir Charles, et auquel on n'avait
rien changé. Sur la table était un cahier
de papier où il manquait une feuille, celle
qu'elle avait employée à m'écrire: à côté
se trouvait une plume, la dernière dont
elle s'était servie. Quelques fleurs fanées

étaient près de la plume, les dernières
qu'elle ait touchées ; je les conserve
encore.

Ma seule pensée, ma seule occupation
furent alors de me rappeler jusqu'au
moindre des mots qu'avait jamais formé Caroline, et de m'y conformer. J'exécutai tout ce qu'elle m'avait recommandé,
si ce n'est la défense qu'elle m'avait faite
de me blâmer moi-même. Elle avait eu
tort sans doute de concevoir tant d'a-
mour pour un être qui en était si indigne ; mais combien j'avais été plus coupable en cédant à l'impulsion de mon
caractère, en lui cachant toute la force
d'un attachement qui l'eût rendue parfaitement heureuse, si elle eût pu le
connaître !

Mais tous mes regrets étaient inutiles ;
j'avais mérité tout ce que je souffrais, et
elle se trouvait dans un séjour plus
digne d'elle et de ses vertus.

Je me souvins alors qu'elle m'avait dit,
une fois, qu'elle croyait qu'il serait utile
d'écrire sa propre vie, d'y consigner
non-seulement les événemens qui la

marquaient, mais aussi les causes qui
les occasionnaient et les sentimens qui
nous agitaient. C'est ce qui m'a déterminé à écrire le récit qui précède ; j'ai cru
par là obéir à ses ordres, et j'ai voulu
aussi infliger un juste et sévère châtiment à mon caractère réservé et dissi-
mulé, en me forçant à révéler mes chagrins et mes plus secrets sentimens,
à des étrangers, à des cœurs indif-
férens.

J'ai terminé ces aveux pénibles : s'ils
apprennent à quelqu'un à qui est confié le bonheur d'un autre, à considérer
ce dépôt comme sacré, à ne pas souffrir
que l'égoïsme ou quelqu'autre vice de
caractère puisse jamais l'altérer, mes
vœux seront remplis, et si les esprits
bienheureux peuvent encore être témoins de ce qui se passe sur la terre,
celui de Caroline songera avec satisfaction que mes souffrances et sa mort ont
produit quelque fruit.

FIN DU QUATRIÈME VOLUME.

Aix-la-Chapelle, Schwarzenberg.
Alexandrie, Capriaulo.
Amiens, {Allo. Caron-Berquier. Darras. Wallois.}
Amsterdam, {Dufour. Van Clef frères.}
Angers, Fourrier-Mame.
Anvers, Ancelle.
Arras, {Leclercq. Topineau.}
Auch, Delcros.
Autun, De Jussien.
Avignon, Laty.
Baïonne, {Bonzom. Gosse.}
Bayeux, Groult.
Besançon, {Deis. Girard.}
Blois, Jahier.
Bois-le-Duc, Tavernier.
Bordeaux, {Baume. Lafite. Melon. Mery de Bergerey.}
Boulogne, Isnardy, bibliot.
Bourges, Gille.
Brest, {Belloy-Kardovick. Lefournier et Depériez.}
Bruges, Boguert-Dumortiers.
Bruxelles, {Berthot. Demat. Gambier. Lecharlier. Stapleaux. Weissenbruch.}
Caen, {Mme. Hél. Blin. Manoury.}
Calais, Bellegarde.
Châl.-sur-Marne, Briquet.
Châlons-sur-Saône, De-jussieu.
Charleville, Raucourt.
Chaumont, Meyer.
Clermont, Landriot et Vivian
Colmar, {Neukire. Panncti}
Compiègne, Esquyer.
Courtray, Gambar.

Dijon, {Coquet. Noella. Madame Yon.}
Dinant, Huart.
Dole (Jura), Joly.
Epernay, Fievet-Varin.
Falaise, Dufour.
Florence, {Molini Piatti.}
Fontenay (Vend.) Gaudin.
Gand, {Degoesin-Verhaeghe. Dujardin.}
Genève, {Dunand. J.J. Paschoud.}
Grenoble, Falcon.
Groningue, Vanbokeren.
Hambourg, Besser et Perthes.
Hesdin, Tullier-Alfeston.
Langres, Defay.
La Rochelle, {V. Cappon. Mlle. Pavie.}
Londres, {Dulau. Bossange et Masson. Berthond.}
Leipsick, Grieshammer.
Lons-le-Saulnier, Gauthier frères.
Laval, Grandpré.
Lausanne, Knab.
Le Maus, Toutain.
Liége, {Desoer. Ve. Collardin.}
Lille, {Leleux. Wanackere.}
Limoux, Melix.
Lyon, {Et. Cabin et C. Maire. Roger.}
Madrid, {Denné fils. Rodriguez.}
Maëstrecht, Nypels.
Manheim, Fontaine.
Mautes, Reffay.
Marseille, {Camoin frères. Chaix. Masvert. Mossy.}
Meaux, Dubois-Berthault.
Mayence, AugusteLeroux.
Metz, Devilly.
Milan, Giegier.
Mous, Leroux.
Mont-de-Marsan, Cayret.
Montpelier, {Delmas, Sevalle.}

Moulins, {Place et Bujon.}
Nancy, Vincenot.
Nantes, {Forest. Sicard.}
Naples, Borel.
Neufchâteau, Husson.
Neufchâtel, Mathon fils.
Nîmes, {Melquion. Triquet.}
Niort, mad. Elie Orillat.
Noyon, Amoudry.
Périgueux, Dupont.
Perpignan, {Alzine. Ay.}
Pise, Molini.
Poitiers, Catineau.
Provins, Lebeau.
Quimper, Derrien.
Reims, {Brigot. Le Doyen. Topino.}
Rennes, {Consin-Danelle. Duchesne. Mlle. Vatar.}
Rochefort, Faye.
Rouen, {Frère ainé. Renault. Dumaine-Vallée}
Saintes, Delys.
S.-Etienne, Colombet aîné
Saint-Malo, Rottier.
S. Mihel, Dardare-Mangin
S.-Quentin, Moureau fils.
Saumur, Degouy.
Soissons, Fromentin.
Strasbourg, {Levrault fr. Trenttel et Würtz.}
Toulon, {Barallier. Curet.}
Toulouse, Senac.
Tournay, Donat Casterman.
Tours, Mame.
Troyes, Sainton.
Turin, Pic.
Valenciennes, Giard.
Valognes, {Bondesscin. Clamorgani}
Varsovie, Glucksberg et Compagnie.
Venise, Fuchs.
Verdun, {Benit jenno. Herbelet. Villet.}
Versailles, Ange.
Wesel, Bagel.
Ypres, Gambart-Dujardin.